ルーシー渡辺

アメリカの旅人

ふじみの出版

THE
MASTER
WORKS.

目次

アメリカの旅人

われわれは移動している

アメリカの旅人

ニコルソン・ベイカーは流れ者だった。

その日暮らしで、持ち物といえば車だけ。町から町へ。モーテルからモーテルへと渡り歩く男たちのある種の、古典的な例証、がこの男だった。

われわれは皆、ニコルソンのことを〝ニック〟と呼んだが、名前だって本物かどうか怪しい。前の町では果たして何と名乗っていたのか？　背の高い、痩せた、青白い顔の男で、頭の形が卵のように美しかった。静かな男で、酒を飲んでいても、自分からは何も話さなかった。もう自分はとうに終わってしまった人間だと考えているらしく、まだ若いのにやけに年寄りじみた口の利き方をした。とっつき難い人間、というのが、私の抱いた最初の印象だった。

彼がこの町へ流れ着いた時、最初に口を利いたのはモーテルの管理人だった。二年前のある夜のことだ。このモーテルは町の東側を流れる川沿いの砂利の上に建っていた。彼は一晩分の金だけを支払うと、飯を食うためにダウンタウンへ出て行った。

そこで彼が最初に目にした店が、彼の人生を少しばかり変えた。その店の支配人は深夜に厨房で働くことの出来る男手を探していた。ニックはたちまち彼の目に留まった。翌日の夜には彼はもう白いコック帽を被って、厨房の奥で鶏肉を揚げていた。

ここで彼と一緒に働いていたのはボウという二十歳の若者だった。やたらと陽気な奴で、ホールで働く若いウェイトレスの娘と付き合っていた。娘の名前は忘れたが、野心のない、ケチャップ塗れの田舎娘だったはずだ。彼女はボウの子供を産むことしか考えていなかったが、ボウの方はまだ学業に復帰することを諦めていなかった。

「おっさん、流れ者なんだって?」とあるときボウはニコルソンに訊いた。「一体、何をやらかしたんだよ?」

「何も、やらかしちゃいない」と彼は答えた。

「じゃあ、何で、流れてるんだ?」

「何もかも嫌になったのさ」と彼は言った。

「何もかも?」

「お前にも、じきに分かる」

ニックはほとんど毎晩のように、その店で働いた。彼は特に文句も言わず、仕事の手も休めずに黙々とよく働いた。支配人は大いに満足したはずだ。ただでさえ田舎町では男手を確保するのに苦労する。ニックはこの町にやって来るまでは、ほとんど肉体労働の経歴はなかった。彼は元々やり手の広告マンだったのだ。一時はニューヨーク中の広報担当者が、彼とランチの約束を取り交わそうと躍起になっていたこともある。詳しくは知らないが、まだ駆け出しの頃にいくつかの優れた広告に与えられる賞を受けたのだそうだ。鶏肉を油で揚げる仕事など、この世のものとも思えなかったろう。

私がニックと出会うまでには一ヶ月の時を要した。私はふだん、よほどのことがない限りは夜中に道を歩いたりはしない。無垢な田舎町にも幼稚な犯罪はある。そうした場合に狙われるのは、私のような弱者と決まっている。

ニックは私のことを、私が彼を知るずっと以前から知っていた。間接的に彼は私と結び付いていたわけだ。私とニックを結び付けてくれたもの、それは音楽だった。彼は毎朝、くたびれた身体を引き摺って、私の部屋がある建物の裏手に忍び寄っていたのである。

ある朝ドアを開けると、目の前に卵形の美しい頭を抱えた青白い顔の男が一人で立っていた。もちろん私はニックの顔に見覚えがなかった。他に訪ねて来るような人間も、私にはいなかった。私は孤独な人間だった。ニックと同じように。

「どうした？」と私は言った。「強盗に襲われたのか？」

「音楽が聴きたいんだ」と彼は言った。「何か、かけてくれよ？」

私は頭が混乱した。音楽？

ニックは私の肩越しに部屋の奥を指差した。そこには一枚の窓があって、チーズケーキのような角度で外側へ滑り出していた。

窓辺には年代物のレコードプレイヤーが置いてあった。毎朝そこに立って、その日の一枚目のレコードの上に針を落とすのが、私の人生におけるささやかな喜びとなっていた。

私はそれでようやく男の言わんとすることを理解した。

「ジャズで良いか？」と私は言った。

「ああ」

「入れよ。さあ」


ニックは時々、私の部屋へ訪ねて来るようになった。彼にとってそれは、辛い日々の中における、ささやかな慰めであったのだろう。

「統計によれば」と、あるとき音楽を聴きながら私は彼に語りかけた。「キミのような人間は一万人に一人だ」

「僕のような人間？」とニックは言った。

「旅を続ける人間のことさ」

「駄目な人間だな」と言って、彼は皮肉っぽく笑ってみせた。

「われわれのような人間には脳に共通の欠陥がある」と私は言った。「たとえば私は小説を書くが、これは私が文章能力に長けているからではなくて、その脳の欠陥のためなんだ」

「小説と旅は違うよ」とニックは言った。

「同じさ」

「僕には脳に障害なんてない」

「プラスに考えればいいんだ」と私は言った。「万に一つの欠陥なら、一万人に一人の男になれる」


ニックは確かに他の連中とは様子が違っていた。町の食堂でも、バーでも、彼が入って来て席に着くと、自然と周りに空席が出来た。嫌われるほど人付き合いが良かった訳じゃない。彼は礼儀正しかったし、それが却って、人を遠ざけていたのだ。

われわれの脳には共通の欠陥がある、と私はかつてニックにそう言った。その通りだ。われわれの頭の中では始終音楽が鳴り響いている。ニックの場合には、それが彼を旅へと駆り立てるのだ。脚の悪い私の場合には紙の上で旅を続けるしかない。

ニックは時々、私の部屋で、私の書いた物を読むようになった。

「良い読み味だ」と彼は言ってくれた。

「売れない小説だ」と私は言った。「時代遅れの老いぼれ小説さ。だから、こんな歳になるまで、こんな片田舎で燻ぶっている」

「書き始めたのは、いつ？」

「二五の時だ。突然、神の啓示に目覚めてな。もう二十年以上だ。最近じゃ、出版社に送りつけることもなくなった」

「送ってみろよ」

「無駄さ。断りの文面が想像できる」

「流行は巡ってる。僕が推薦状を書く」

心が動かなかったと言えば嘘になる。かつての敏腕広告プランナーのお墨付きだ。でも、丁重に断った。奴とは貸し借りなしで付き合いたかったからだ。


ニックはすぐに食堂の仕事を辞めてしまった。それも彼にとっては幸運なことだった。どだい彼のような男が、いつまでも鶏肉の相手ばかりをしていられる訳がない。彼はそれよりはずっと実際的な解決策を手に入れたのだ。

ニックにその仕事を紹介したのはマーガレットだった。町で一番の美しい女だ。田舎町では誰もが振り返る。彼女は町の酒場を掛け持ちで飛び回り、それぞれの店から、かなりの額の見返りを受け取っていた。

ニックが彼女に選ばれたのは、彼がまだ誰の手垢にも塗れていない、他所の土地の男だったからだ。彼が都会の人間であることは誰の目にも明らかだった。ニックは酒場の端で気配を消しているだけで良かった。マーガレットが面倒に巻き込まれそうになった時にだけ彼は出て行って、元々は彼女のものである札びらで場を収めた。

この仕事はその年の冬が終わるまで続いた。ニックは一つの町に七ヵ月もいたことになる。その原因のほとんどはマーガレットに対する未練だったはずだ。彼女はニックに正当な額の報酬を渡したが、時々はそれ以上のこともしていた。

「女に深入りするような真似は止せ」と私はあるときニックに釘を刺した。冬の間も、われわれの奇妙な友情は続いていた。

「マーガレットは危険な女だ。この町の連中は皆、知ってる」

「でも、彼女の魅力に抗えない」とニックは言った。

「そうだ。でも、おれたちじゃ、彼女の方から突き放してくれる。お前の場合には違う。抜けられなくなる」

「生きていくのには愛も必要だ」

「愛だと？」私は驚いて聞き返した。

「彼女を愛してる」とニックは言った。

「だったら、どうする？　放浪を止めて、この町に落ち着くのか？」

「わからない」

「ニューヨークに戻る気はないのか？」

「無理だ。もう居場所はない」

「そうか」


マーガレットのことがなかったら、ニックはもっと早くに町を出て行ったことだろう。淡い夢を見ることなどなしに。そして、悲劇に見舞われることもなく。

話を少し前の地点に戻そう。


その冬の間に、彼は私の書いた大小の短編小説を隈なく読み尽くしてくれた。相当な数があったと思う。私でさえ正確には記憶していない。彼はその一つ一つに感想と幾つかの問題点を指摘したメモを付録してくれた。そして、それらを年代順にファイルし直して、私に私自身の創作のサイクルを分かり易く説明してくれた。

「あんたの作風に一定のサイクルがあるように、世の中の流行にもサイクルがある」と彼は言った。

「何が言いたい？」

「流行っている物が書けないなら、今流行っている物を送りつけてみたらどうだ？　幸いあんたには、手持ちの駒は沢山あるんだし」

「クズばかりさ」と私は言った。

「そうでもない」

「読み返そうという気力もないね」

「そうなった時で良い」

「考えておこう」

「幸運を祈るよ。音楽のお礼さ」

涙が出るような話だ。売れない作家冥利に尽きる。奴の言いたいことも分かったが、私にもプライドというものがあった。売れなければ売れないで構わない。あまりにも長いこと誰からも相手にされないと、いざ、そうなった時にでも、どう振舞って良いやらわからない。ニックの親切には感謝している。いまでも。


ニックが襲われたのは二月の初め頃のことだった。相手はまだ十八歳の町の出鱈目な若造で、仲間と三人で、モーテルの近くの川べりでニックのことを徹底的に叩きのめした。原因はマーガレットだ。この坊やは、本気で、彼女と結婚する気でいた。ろくに面識もないのに。ニックは肋骨を何本か折って、もう少しでそのうちの一本が肺まで達するところだった。助かったのは奇跡に近い。連中は警察にしょっ引かれた。ニックはそのまま町の病院に搬送されて、およそ一ヶ月間、戻って来なかった。

私はあえて見舞いには行かなかった。私の脚の問題もある。しかしそれ以前に、私は彼に忠告を与えたのだ。いずれこういうことが起こるのは分かり切っていた。マーガレットは次の用心棒を見つけた。そしてニック自身も、病院のベッドの上で、ようやく夢から覚めたのだ。

退院の日。私は彼のモーテルに一輪の花とシュークリームを届けさせた。忍ばせたメモに私は書いた。音楽に耳を澄ませ！　と。

町へ戻って来てからも、ニックはもうマーガレットの相棒には戻らなかった。彼女との密やかな情事も幕を閉じたようだ。マーガレット自身はまあ、あの通りの女だ。いまだに蝶のように、次の男を探して飛び回っている。

ある日、ふらりとニックが私の部屋にやって来た。

胸の周りにギブスを嵌めて、片方の手で松葉杖を突いていた。最初にこの部屋へやって来た時のように顔は青ざめていた。

「元気そうだな？」と私は言った。

「あんたの気持ちがよく分かったよ」

不思議と声は開放感に満ちていた。気持ちが吹っ切れたのだろう。マーガレットに抱いた愛は跡形もなく萎んだのだ。

「お別れを言いに来たんだ」とニックは言った。

「その様でか？」

「車の運転ぐらい出来る」

「止めとけ。また病院に逆戻りだ」

彼はやっとかっと椅子の上に腰かけた。

「今度はどこへ行くつもりなんだ？」と私は言った。

「行きたい所があるんだ」

「どこだ？」

「ずっと、行きたかったところだ」

「なあ、ニック。もう少しの間この町に居ろよ？　モーテル暮らしが不便なら、この部屋で暮らしても良い」

「なるべく早くここを出たいんだ」

「そうか。仕方ないな」

「エージェント宛てに小説を送れよ、ジェイソン。あんたの書く物には希望がある。その希望があんたの人生を明るく照らし出す日が、きっと来る」

「愚かなる希望を抱き続けることは、同時に破滅にも繋がる」と私は言った。「それがわれわれの抱える共通の欠陥だよ。音楽を聴くかい、ニック？」

「もちろんさ。そのために来たんだ」と彼は言った。

ニックが町を出て行った日には朝から大量の雨が降った。私は部屋の中で、大音量でジャズをかけた。それから、ふと思いついて、窓辺へ行った。滑り出し窓を押し開いて、下を覗き込んでみた。ポリバケツと用済みのブロック塀と灰色の猫が水に濡れていた。私は立ったままタバコを吸って、窓の外へ煙を吐いた。

その後。ニックからは度々手紙が届いた。その度に消印の住所は異なっていた。これは後で判ったことだが、ニックは南部にいる彼の妻に会いに行ったのだ。僕が彼女を壊したのだ、と手紙の中でニックは書いていた。でも僕は何度でもこの場所を訪れるつもりだし、いつか必ず、彼女と共に、この場所から出て行くつもりです、と彼は書いていた。私は手紙を丁寧に折り畳んで、書き物机の引き出しの奥へそっとしまった。それから消えてしまった男のために、コーヒーを一杯、余計に注いだ。愚かなる希望を抱き続けることは同時に破滅にも繋がる。でもそれが希望というものの正体である限り、われわれはそれを自ら放棄するべきではないのだ。

ニックの希望が叶えられる日が果たして来るだろうか？　それは彼自身にも、他の誰にもわからない。

ただ一つだけ、わかっていることがある。私のことだ。私の人生は、私がコントロールすることが出来る。だから私は二つの文章を投函することにした。一つは片田舎に住む売れない小説家ジェイソン・ブルックの新作だ。ニューヨークのとあるエージェントに懇切丁寧な手紙を添えて送った。流行？　そんなものは関係ない。ジェイソン・ブルックここにあり、というところを、インテリ連中に知らしめてやりたかっただけだ。

もう一つは南部の精神病院へ宛てた。大した文章じゃない。ボウと田舎娘とフライドチキンの顛末だ。とるに足りない話だが、それでも人生は続いていく。笑いの種は、なるべく多い方がいい。

風の中のE・M

今から、かれこれ二十年以上も前のことである。僕は独りで荒地の上にいた。そこにテントを張って暮らしていたのである。僕の持ち物は古いトランジスター・ラジオ一台きりであった。そのラジオはテントの天井から針金によって吊り下げられていた。そこから聴こえてくる音楽や町でのニュースはいつでも石ころを詰め込んだみたいに重たく濁り切っていた。

そこがどれ位荒地であったかを正確に伝えることは今となっては難しい。そのような類の荒地は現在ではこの世界のどこにも存在してはいないからだ。それは荒地が許された最後の時代であったのだ。ソ連やアメリカのロケットはあちらこちらへ身勝手に不時着していたけれど、人工衛星に備え付けられたカメラがわれわれの生活をすっかり切り取ってしまう等ということはまだ考えられなかったのだ。とにかく、そこは荒地だった。

僕は概ね、その場所において、自由を許されていた。何しろ荒地での生活は孤独との戦いである。毎日どちらを向いてもそこにあるのは荒地なのだ。たとえテントを畳み、しばらく西へと移動した後で、もう一度そこに同じようにテントを立ててみたとしても、そこが荒地の中心になってしまうのだ。僕は馬鹿らしくなって途中からは移動することを止めてしまった。

ラジオ以外で僕の慰めになってくれたのは双子のペンギンのベティとクリストフである。彼らはある日、僕のいる荒地へと手を繋いでやって来た。荒地に訪問者が訪れることは稀である。二人ともまだ子供のペンギンであり、旅の途中で親と逸れたのだと言っていた。うんと寒い大陸の上からやって来たらしく、彼らはそこにいると幸福そうに見えた。二人で良くお日様の方へ向いて、日がな一日じゅう、手を繋いで立っていたものである。

「ラジオ局にハガキを出して、君たちの両親のいる群れを探してもらおうか?」と僕は言った。

「いいのよ」とベティが言った。

「そうだよ」とクリストフ。

「余計なことをしないで欲しいわね」とベティが気分を害したように続けた。

「僕たち、この場所がすっかり気に入っちゃったみたいだぜ」とクリストフが降り注ぐ陽光に目を細めながら言った。

「ねえねえ?」とベティが甘えたような声で言った。何しろ、まだ二人とも子供なのである。

「なんだい？」と僕は言った。

「私たち、お揃いのランドセルが欲しいわ」

「色はブルーとピンク」とクリストフが言った。「ここへ来る前に街のショー・ウィンドウの中で見たんだよ。凄くかっこ良いんだ。あれを背負って学校へ行きたいな」

「私がピンクよ」とベティが言った。

「僕がブルー」とクリストフ。

まあ、こんな具合で。彼らとの会話は退屈しなかった。荒地における数少ない素敵な思い出の一つである。

「ねえ、イングリッシュモンキー（と、彼らは僕のことをそう呼んでいた）。あなたって、どうしてこんなところに独りきりで暮らしているのよ？」とベティが言った。

「君は人間だろう？　人間は町で暮らしているんだよ」とクリストフが不思議そうに僕の瞳を見つめてきた。僕はその時テントの脇の突き出した岩の上に腰かけてラジオの部品を新しい物に交換しているところだった。僕は技師だったのだ。そのくらい訳はない。

「いろいろと事情があるのさ」と僕は素っ気なく答えて言った。「君たちにもいずれ分かるよ」

電池も新しい物に入れ替えると音質は劇的に向上した。ちょうど知っている曲が流れ出してきた。僕はそれに合わせてハミングした。イェイ、イェイ、イェイ。

「イングリッシュモンキーは変わり者なのさ」と僕は言った。それから新しくなったラジオをテントの天井から吊り下げるために岩の上に立ち上がった。

「恋人はいないの？」とベティが訊いた。

「ませたことを言うなよ」

「可哀想に」とクリストフが言った。

「そんなんじゃないのさ」と僕は言った。

実際には、僕には婚約者がいたのである。とても美しいドイツ人の娘だ。彼女は町に住んでいた。僕は彼女との結婚資金を工面するために、この荒地での勤務を志願したという訳である。その方が僕には隊列を組んで行進したりするよりはずっとマシなように思えた。僕は弾薬を取り替えたり、獣の内臓を裂いたりすることは得意ではない。無線通信は得意だけれど、敵軍の暗号を解読したり、四六時中も上官によって見張られていることは気詰まりなのである。

「さあ、お前たち。今日こそ僕のリクエストが掛かるぞ！」と僕は言った。実際には荒地にいる間、僕はラジオ局に対して、たった一枚のハガキも出さなかった訳だけれども。

☆

あれから二十年以上が経過した現在では僕もまた、もちろんのこと、町の中で暮らしている。僕にも一応の身分というものが与えられ、ブラウンストーンの壁に囲まれた立派な家まで付いている。家の中にいて、その磨かれた大理石の床の上に立っている時などには、僕は不思議な気持ちになる。僕のような人間がこんな幸せに恵まれて良いのだろうか？　と。暖炉の中では、生まれたての炎がパチパチという小気味の良い音を立てながら燃え続けている。そこでバーベキューをしていたとしても、今では誰も僕のことを叱りつけたりはしないだろう。

聞いた話では、昨今では荒地勤務という奇妙な任務自体が消滅してしまったらしい。荒地がないのだから、これは仕方のないことである。荒地はどこか別の土地と併合されてしまったのである。僕に身分が与えられたのと同じように、荒地にもまた名前が付与されたのだ。これにより人間が荒地の孤独を知る機会は永遠に失われてしまった。だから僕はその数少ない生き残りとして、そこでの経験を文章にして人々へ伝えようと思いついたのだ。

荒地の話へ戻る。

僕がそこへ赴任することになったのは軍の募集に応募したからである。わが国の軍隊は当時、それを必要としていたのだ。当然のことながら召集された若者たちの中に、その任務に心惹かれる者は少なかった。彼らはもっと名誉ある戦いのために軍隊へ身を投じたのだ。荒地に唯一人で取り残されるためにではなく。

僕は兵舎に入寮した最初の日から、その貼り紙の存在に気がついていた。それは汚れた壁の上に糊で貼り付けられていた。荒地任務という文字が躍っていた。その荒地という言葉の響きが僕の心を捉えたのである。僕はもともと好き好んで軍に入隊した訳ではなかった。僕は技師であったのだし、それ以外の時間には趣味の博物学の研究に勤しんでいた。庭にやって来る蝶の羽根を模写したり、草花や竜巻の生態についてノートにこと細かく記録していたのである。

僕が軍隊に入ることを決意したのは、一つには当時の婚約者の存在があった。僕は貧しい青年であったから、彼女との結婚式を挙げるための費用がどうしても必要であったのだ。そんなものは要らないわ、と彼女は言ってくれたのだが、そういう訳にはいかない。僕という人間は昔からわりに形式に拘る男だったのだから。

という訳で、僕が荒地勤務に応募するまでにはさほどの時間を要さなかった。軍隊という場所は溜息を吐きたくなることの連続なのである。何しろ。だから僕は自ら志願して入隊したにも関わらず、ひと月もするころには、ほとほとその場所にうんざりしてしまっていたのだ。荒地への思いは日増しに強くなってゆき、僕はある日とうとう上官の部屋を訪ねて、その任務に応募したいと申し出た。

上官は僕の申し出を受けて訝るような視線を向けてきた。軍隊というのはそういう場所である。人を信じるよりはまず疑ってかかる。その将校は口髭だけは立派だが、性根は腐った玉葱のような男であった。彼は軍服に身を包み、代わり映えのしない兵舎の一室に造り付けられた傾いた書き物机の前に駱駝のようにどっかりと腰を落としていた。

「始めに言っておくが、そこから逃亡しよう等と考えても無駄なことだぞ」と彼は言った。

「イエス、サー」と僕は言った。

「これはわが国にとって重要な意味のある任務である。それには相応しい兵士の存在が不可欠である。君にこの意味が判るかね？」

「今はまだ判りかねますが、必ずや判るようになると思います。サー」

「とても辛い任務だ。ネジが外れて、元に戻らない奴も多い」

「何故でありますか？」

「そこには何もないからだ。何もないことが人を狂わせるのだよ」と言って、彼は立ち上がり、窓のある方へ向けて軍人のような歩き方で肩をいからせながら近づいていった。窓からは昼休みにバレーボールを楽しんでいる新米兵士たちの姿が見渡せた。そこは兵舎の四階にあって、その建物の最上階に位置していたのだ。

「無理強いはせんよ。よく考えてみるが良い」

「判りました、サー！」

結局、僕は荒地勤務を申し付けられることになった。新入りのうちで荒地勤務を希望したのは僕一人だけだったのだ。そのことはまあ、ラッキーだった。僕は殆ど名ばかりの適性検査を受けて、そこへと送り出されることになった。荷物を整理して兵舎を出て行く時には柄にもなく胸が高鳴った。この阿呆どもの巣窟から逃れられるのだと思うと、それだけで僕の足取りは軽くなった。僕は二度と後ろを振り返らなかったし、いま同じことが起きたとしても、それと同じことをするだろうと思う。

軍隊が荒地任務を必要としていたのには訳がある。その当時荒地はまだどこの国の領土でもなかったから、わが国としてはそこを実効支配しておく必要があったのだ。たった一人の兵士を送り込むことによって、わが国はそこを固有の領土として主張することが出来る。馬鹿げた理屈だが、当時はそれが罷り通っていたのである。僕らの孤独な営みは国際会議の席上で学歴のある外交官たちによって声高に主張されていたらしい。僕がまったく知らない所で、僕の名前はその土地の総司令官としてタイプされてさえいたのだ。

僕がその場所へ最初に辿り着いた時、前任者の兵士は清々しい顔をして僕のことを出迎えてくれた。

「それほど悪い暮らしじゃないよ」と彼は言った。その肌はよく日に焼けていて健康そのものに見えた。「月の光に気をつけた方が良い」と彼は言った。「それは精神を痛めつけるからね」

「どういう意味です?」と僕は訊いた。この男は荒地に長くいたせいか、兵士に特有の嫌味がなかった。自由な発言が許される空気だったのだ。だから、僕は質問をしてしまった。

「月がある晩には、それが夜を支配してしまうんだ。この場所にいると、そのことが身に沁みてよく分かるようになる。荒地の夜は深いんだ。他所の土地の夜とは訳が違う。だからよほど気を強く持たなければ、その光によって精神が蝕まれてしまうのだよ」と彼は言った。

やがてその男はテントを畳むと、僕が乗ってきた軍の最新鋭のヘリコプターへと乗り込んだ。プロペラが回転し、それが上空の豆粒のような一点になるまで遠ざかってしまうと、いよいよ僕の荒地勤務が始まった。ここから先は僕一人の世界なのである。これが荒地だ、と僕は思った。その時にも強い風が、僕のか細い髪の毛を揺らしていた。

☆

「ねえ、私たちにも友達が出来るかしら?」とベティが訊いた。

「早く学校へ行きたいぜ」とクリストフが言った。

「君たちは本当に学校へ行くつもりなの?」と僕は言った。

僕らは午後のまどろみの中で、荒地を蹴散らすように吹いている強風に晒されていた。

「もちろんだよ。E.M」とクリストフが言った。

「でも、どうやって?」

「あなたがそこへ私たちを連れていってくれるのよ」と当たり前のようにベティが述べた。

僕は驚いてしまった。

「君たち、僕についてくるつもりかい？」

二人のペンギンは固有の石のように、荒地の上にペタリと貼り付いていた。ペンギンには独特の重心があって、どれだけ強い風が吹いても身じろぎもせずに立っていることが出来るのである。僕も彼らと過ごすうちには、それに近いものを身に付けることが出来た。この時にも僕らはそうやって、風に抗っていた。

「私たちはきっと算数が得意だと思うのよ」とベティが言った。算数がどういうものなのかを理解していないのだろう、と僕は思った。その言葉をラジオで聴いて知ったのである。

「ペンギンは人間の学校へ行くことは出来ないよ」と僕は言った。

「どうしてさ？」とクリストフが不服そうに言った。

「どうして、そんなに学校へ行きたがるんだ？」と僕は訊いた。

「私たちは友達が欲しいのよ」とベティが言った。「ずっと二人きりで生きてきたんだもの。もっと外の世界のことが知りたいし、勉強だってしたいし、友達だって欲しいのよ」

「そんなもんかね？」

「なあE．M？　君はいつになったら、町へ帰れるんだい？」とクリストフが言った。

「一年後だよ」と僕は言った。「それまでは荒地勤務なんだ」

「なんだよ。つまらんぜ」

「そう言うなよ。良い所じゃないか？」

荒地での日々は概ね快適であったと僕は今でもそう思う。前任者が述べたように、それは悪い暮らしじゃなかった。多少の退屈を我慢出来れば煩わしいことは何もない。腸詰を作ったり、親切さの押し売りをされたりしなくて済む。娯楽に乏しいことを除けば、必要な物はすべて軍が支給してくれる。

僕は日に一度、無線機を使って荒地の状況を報告すればそれで良かった。時折ヘリコプターが飛んで来て、われわれのいるすぐ側に缶詰や日用品を大量に投下してくれた。ペンギンたちはその日が来ることを待ち望んでいた。日が暮れるまで二人でよく空を見上げていたものだ。

「今日はもうヘリは来ないよ」と僕はテントの中で寝袋に包まりながら、彼らの方へ声を投げてやった。するとペンギンたちは決まって悲しそうな顔をして僕の方へ振り向くのだった。

「そんな顔をするなよな」

「明日は来るの？」

「そうだな」

「本当かい？」

「ああ、来るとも。だから今夜はもうお休み」

「お休み、イングリッシュモンキー！」

「お休み、チビすけたち」

僕はテントの中で、町での生活について思いを巡らせた。荒地勤務を終えて特別手当を受け取ることが出来れば、僕は晴れて市民に戻れるのである。婚約者を連れて町の教会へ行き、式を挙げて新しい生活を始めるのだ。双子のペンギンを見たら彼女は何と言うだろう？一遍に双子の母親になるという現実に耐えられるだろうか？彼女は動物が好きだから、何とかなるかもしれない。それどころか、ひょっとしたら、大いに喜んでくれるかもしれない。ランドセルの費用は別に取っておこう、と思った。ピンクとブルー。ピンクがベティで、ブルーがクリストフ。

僕は意識して夜の間はテントの外へは出ないように心がけていた。前任者の言葉が引っ掛かっていたからだ。夜に支配されると精神が参ってしまうというのは、僕にも何となくは理解することが出来た。夜には風も凶暴性を増すし、月は絶えず死について語りかけてくる。時々どうしても我慢が出来なくなった時にだけ、僕は用を足しに寝袋の外へ出て行った。なるべく月を見ないようにして。空には無限の星が瞬いていた。月のない夜には宇宙はどこまでも広大であり、最後の星がある地点まで見晴らすことが出来るのだ。

僕らのいるこの星もまた、その中の一粒でしかなかった。僕らはたまたまこの星の上にいるのだと思った。そして間もなく、その時も終わるのだ、と。

「お休み、イングリッシュモンキー」と僕は呟いていた。風がゴーゴーと音を立てて、僕の両側の耳を切り裂いた。僕は肩を窄めてテントの中へ帰還した。そこではラジオが絶えず電波を受信し続けていた。

「打った！　大きい……大きい……入るかー？　入った！　ホーム……」

☆

僕はつい先日、軍の払い下げ品を専門に売る骨董屋の店先で一台の無線機を見つけた。それは型式も色もアンテナもすべて、僕が荒地で使用していた無線機と同じ物であった。僕はその無機質な機械の箱の前で立ち止まっていた。僕の中をゴーゴーという、あの荒地の強風が吹き抜けるのを感じた。荒地はまだ僕の中に生きているのだと思った。あの風も星の瞬きも月の囁きも。

僕はその無線機を買い取ることにした。それで、その機械製品はいまではわが家の片隅に置いてある。いまはまだ玄関に置かれているが、やがてガレージへ移されることになるだろう。何しろそれは馬鹿デカいし、もはや何の役にも立たない用済みのガラクタなのである。「こいつは飾りにしかならないよ」と僕がそれをくれと言った時、その店の店主は忠告してくれた。「替えの部品も手に入らないからね」

「いいんだ」と僕は答えて言った。「オブジェとして、これが欲しいのだ」

「重たいよ」

「知っている」

「ふうん」とその親父は腕組みをしたまま、物を言わない悲しげな機械を見下ろした。それから驚くほど安い値段で、それを譲ってくれたのである。

あるいはこの無線機との再会が、僕がこの文章を書き始めることになったきっかけの一つだったのかもしれない。歳を取ったせいか、最近やけによく荒地での生活が思い出されるのである。荒地時代と僕はそれを呼んでいた。

「荒地時代にはね……」と僕はよく眠りに落ちる前には横にいる妻へ向かってそう語りかけたものである。「そこには本当に何もないんだよ。風が吹いていて、太陽が昇り、やがてそれが沈むだけなのだ」

「それが、あの無駄な機械を買って来ることと、どう繋がるというの？」と妻は言った。表立って批判はしないけれど、彼女にはそのことが不服であるのだろう、と思った。

「毎朝あいつを使って任務を果たしていたのだよ」と僕は言った。

「あなたはもう軍人じゃないわ」

「もちろんそうさ。僕も君もいまでは町のオブジェのようなものでしかない」と僕は言った。

妻は僕からは背を向けるように壁の方へ寝返りを打ってしまった。僕の言葉に悲しんでいるのか、あるいは怒っているのかもしれなかった。

僕は玄関に置いてある無線機の憂鬱を思った。あの無線機はいまでは、もうどこへも、何一つ伝えることが出来ないのだ。

「あなたってば、あの任務のせいで、すっかり変わってしまったわ」と彼女が背中を向けたままで言った。

「そうだろうか？」と言って、僕は上になっている冷たくなった彼女の肩へ手を触れながら、わが家の高い天井を見上げた。「心臓を下にして眠った方が良い」

「そうよ」と静かに妻が告げた。「あなたの魂は、あれから何十年も経った今でも、荒地の上にずうっと留まり続けているのよ」

僕が荒地から帰還した時の彼女の喜びようは、それはそれは凄まじいものであった。そのとき僕の髪の毛は腰の辺りまで伸びていて、さながら原始人のような有様であった。肌はインディオのような赤銅色に焼けていた。おまけに僕の両脇には双子のペンギンの子供たちが立っていたのである。

それでも彼女はひと目見て、それが僕であることを悟った。彼女は玄関口に現れて、そこで手に持っていた紫色のラベンダーの枝を胸の前にかざすようにして見せてくれた。顔には照れたような、はにかんだ微笑みが浮かんでいた。僕らがまだ幼かった時代に初めて笑い合った時のようだった。その瞬間が過ぎ去った後で、彼女は僕の胸の中へ真っ直ぐに飛び込んで来た。荒地の強風のような勢いで、僕の身体ごと弾き飛ばすかのように。

彼女はそのまま言葉にならない歓びの声を上げ続け、その声を聞いた人々が扉を開けて一斉に通りへ飛び出して来たほどだった。僕らは拍手の鳴る音を聞いた。実質的には、僕らはこの時にはもう結婚していたのだと思う。

その夜には彼女の両親が、僕らのために飛びっきり上等なソーセージを焼いてくれた。僕はそこで約一年ぶりにビールの味を味わった。苦くて正直喉を通らなかったが、歓待の意思を表してくれたことは素直に嬉しかった。双子のペンギンは当たり前のように僕の両隣の椅子に腰かけていて、出された料理をぺろりと平らげていた。彼らは缶詰の中の食品には辟易としていたのだった。ペンギンたちは満足そうだった。

「私、いっぺんにお母さんになっちゃったのよ！」と彼女は興奮気味に両親へ語りかけていた。「ベティとクリストフって言うの。今度、学校に上がるのよ」

「明日はランドセルを買いに行こう」と僕は皿ごと齧りかねない勢いで食べている二頭のペンギンたちへ言ってやった。

「僕がブルー」とクリストフが顔を上げて言った。

「私がピンク」とベティが言った。

双子のペンギンは間もなく町の学校へ通い始めた。教師たちは始めのうち、ペンギンたちの能力については懐疑的だった。

「人間の子供たちについていけるのかしら？」と担当の若い女性教諭は不安そうに言った。「これまで、ろくすっぽ教育を受けてこなかったのでしょう？」

「根は良い子供たちです」と僕は言った。「友達が欲しいそうです。小さい頃に群れから逸れてしまったんです。どうにか面倒を看てやってくれませんかね？」

ペンギンたちは校庭の上で、いつもの独特の重心でもって立っていた。校舎を見上げる彼らの瞳は輝いていた。

「嬉しいんです」と僕は彼らの様子を見下ろしながら言った。「ずっと、何もない荒地の上にいたから……」

ベティは自らが予見した通り、算数が得意だった。これはおそらく荒地での経験に起因している。軍から支給されてくる新聞の欄外にはいつも数独の問題が掲載されていた。ベティは暇な時によくこれを解いていた。荒地では娯楽が少ないから、ベティは何度も何度も繰り返し同じ問題をやることになった。新聞紙がくたびれて使い物にならなくなってしまうと、地面に棒切れで枠線を引いて新しい問題を作りさえしたのだ。

クリストフの方は運動が得意だった。彼は幅跳びやボール投げで、他の子供たちに先んじていた。だから二人は学校でいじめられることもなかったし、ペンギンであるという理由で不当な差別を受けることもなかったのである。ちょっとした人気者ですらあったのだ。実際には、彼らは。ベティとクリストフにはたくさんの友達が出来た。チビすけたちは幸せそうだった。

荒地から、帰還することが出来て。

☆

カミラの話をまだしていなかった。

彼女は荒地時代の僕を知っている数少ない人間の一人である。何しろ荒地には訪問者は稀であった。物資の支給のために上空を飛んで来るヘリコプターの中の兵士たちも滅多なことでは地上へは降りて来ない。

そんな時に、彼女はたった一人で、荒地の上にある僕のテントまで辿り着いたのだ。彼女は政治ジャーナリストだと名乗った。しばらくここで、あなたと一緒に暮らしたいの、と。ここでの占領軍の実態（と、彼女は言った）を記事にして発表したいのよ。

「もちろん、どうぞ」と僕は言った。構いやしないよ、と。軍の上層部はどうあれ僕個人の立場からすれば、やましい所は何もなかった。僕は与えられた任務を全うしているだけなのだから。そこにはジャーナリストからの取材を受け付けてはならない、という条文はなかった。

「じゃあ、よろしくね」と言って、カミラは手際よく僕のテントのすぐ隣に自らのテントを立て始めた。彼女には従軍の経歴もあり、野営に必要な物は全て担いで来ていた。タフな女性である。カミラ・バーグマン。年恰好も僕と殆ど変わらないように見えた。僕らはすぐに親友のようになった。

「夫はアルゼンチン人よ」と彼女は言った。「私はフランス人だけれど、ルーツは相当複雑なのよね……」

確かに、彼女の緑がかった灰色の瞳にはアルジェリア系の移民の痕跡が認められた。カミラはイスラエルで軍隊生活を経験したのだと語った。沢山の人生があるのだと思った。僕らのいるこの惑星の上では、何だって起こり得るのだ、と。

荒地での生活にカミラは苦もなく適応していった。双子のペンギンともすぐに仲良くなった。ペンギンたちはカミラによく懐いていた。時々カミラは彼らに故郷の子守唄を歌って聴かせていた。彼女がその小唄を歌い始めるとペンギンたちは静かになった。まるで呪文にかけられたように、うっとりと彼女の歌声に聴き惚れていた。その光景は微笑ましいものであった。荒地に春が訪れたような気分になったものである。

夜になると僕らは火を熾し、それを取り囲みながら語り合ったものだった。この時期には嘘のように、風も月も驚くほど穏やかであった。二人でいるということは心強かった。僕はそこで初めて荒地任務が持つ意味について知らされた。僕の果たしているこの任務が国際会議の議題として取り上げられているということを教えてくれたのはカミラだったのだ。

「この荒地のあちらこちらに、僕と同じような兵士が点在しているんだね?」と僕は訊いた。

カミラは首を振った。焔に照らされた彼女の肌は銅のように滑らかだった。

「いいえ」と彼女は言った。「あなた一人だけなのよ。世界中でまだ、こんなことをしているのはね」

「荒地はこんなに広いのに?」

「そう。誰もそのことを知らないの」

焔は勢いを増して、夜空の天辺まで届こうとしていた。大勢の星たちが天空から僕らを見護っていた。

「俄かには信じ難い話だね」と僕は白い息を吐きながら答えて言った。「この荒地にそれほどの価値があるのだろうか?」

「どういうことかしら?」

「たとえば地下資源が豊富に含まれているとかさ」

「そういうことでもないのよね」とカミラが角材で焔を掻き回すようにした。火がパチパチという小気味の良い音を立てた。彼女は熱に顔を顰めるようにした。それから人々が残酷な真実を告げる時にするように、力のない声を絞り出した。

「何しろ……この通りの土地なんだもの」

「じゃあ何のために、この僕は、君が言うところの占領行為を行っているのだろう?」

カミラは今では暗闇に覆われた荒地の四方へ目を配りながら、軽く肩を竦めて見せた。

「さあ、中央にいる誰かさんのプライドのためじゃないかしらね？」

僕は焔の上に身体を屈めるようにして、唇に咥えたタバコの先に火を点けた。彼女もすぐに同じようにした。カミラがふたたび顔を上げた時には、その薄い唇に咥え込まれたタバコの先端は燃えていた。

「あなたの写真を何枚か撮っても良いかしら？」とカミラは言った。「記事に添えたいの」

「いいとも」と僕は言った。「光栄だね」

「明日」

「日が昇ったらね」

カミラは医師の免許も取得していたので、聴診器を使って僕らの身体を診察してくれた。僕らは順番に岩の上で彼女の診断を受けた。

「健康状態は問題なさそうね」と彼女は言った。「でももう少し、ビタミンを摂った方が良いわ」

「荒地には野菜が不足しているんだよ」と僕は言った。

「船員と一緒ね。私のビタミン剤を少し分けてあげるから」

カミラのくれたビタミン剤のおかげで、僕の顔には、ほんの少し赤味が差すようになった。ペンギンたちもそれを欲しがった。

「ビタミン、ビタミン」とベティは口癖のように言うようになった。

「これでまた強くなれるね」とクリストフが言った。

カミラは他にも色々なものを僕らの生活の上に付け加えてくれた。アロマ・キャンドルやT・S・エリオットやクロスワード・パズルといった物たちを。

とうとうカミラが行ってしまう朝にはベティは大いに泣いて、彼女を困らせたものだった。ベティはカミラが大好きであったから、彼女がずっと荒地にいてくれると信じていたのだった。クリストフも不満そうだったが、お別れに貰ったプジョーのミニカーの方へ気がいっていた。とにかく、そんな風にして、別れの朝は騒々しかった。

「この任務が終わったら、カミラともまた会えるさ」と言って、僕はベティを慰めようとした。

「そんなこと、誰にもわかりっこないわ」とベティは言って、いつまでもいつまでも泣いていた。その点では子供である彼女の方が世の中の真実をわかっていたことになる。そうだ。われわれは一たび別れてしまったら、もう一度出会えるということの方が稀なのである。

彼女は颯爽と僕らの前に現れ、そして去っていった。結論から言えば、彼女はその後、僕らの前にはもう二度と現れることはなかったのだ。

「記事が出来上がったら軍宛てに送るわね」と最後に握手を交わした際にカミラは僕に言った。

「そうだね」と僕は言った。「荒地に送るよりも、その方が確実だ」

「さようなら、楽しかったわ」

「僕らだって……」

その後は言葉にならなかった。僕は黙って手を振った。

カミラの姿は徐々に遠退いていき、やがて来た時と同じように地平線の中へと吸収されてしまった。僕は再び孤独へと戻った。

荒地の上で、双子のペンギンたちと共に、風に吹かれながら。

☆

その郵便物は何遍も行き先を変えた挙句、ある日奇跡のような偶然を伴って、ようやく僕の元へと届けられた。荒地から帰還して三年以上が経過していた。僕はすっかり町の住人となっていた。晴れて婚約者と結婚し、ダウンタウンにささやかな家を建てて、その中に納まっていたのである。ガレージには二台の日本車を所有していた。家の二階には日当たりの良い子供部屋があって、そこにはペンギンたちが眠るための二段ベッドが造り付けられていた。

だから僕は最初にそれを受け取った時には青ざめて手が震えた。それが軍から届けられた物であるというだけで。荒地の記憶が甦り、ゴーゴーという強い風の音が聴こえた。まさかまた、あの場所へ行けと言うのか？

僕は家族の誰にも見られないように注意して、その郵便物を手に書斎へと向かった。ドアに鍵をかけてから、ゆっくりと封筒を開封した。中から出て来たのはフランス製の一部の機関誌であった。表紙に「検閲済」という大判のスタンプが押印されていた。

僕はそれでもまだ、その雑誌とカミラ・バーグマンのことを結び付けることが出来ずにいた。それほどこの時の僕にとっては、荒地は遠いものだった。

訳も分からずに表紙を捲ってみた。そこにマジック・インクによる走り書きがあった。

パリより　E．Mへ　愛を込めて
カミラ・バーグマン

僕はそれで物事を理解して一遍に気持ちが軽くなったのである。それどころか切なさにも似た懐かしさが、どっと押し寄せて来た。荒地の春の思い出が僕を快く包み込んだ。あの時に感じた寂寞とそれ故のやさしさが、時を越えて、ふたたび熱く胸の内を焦がしてゆくようだった。

僕はドアにかけた鍵を解いて、口笛を吹きながら、わが家のキッチンまで歩いていった。そこで立ったままグラスにコニャックを注いで、喉の奥へ一気に流し込んだ。

書斎へ戻ると辞典を引きながらカミラの書いた記事を読んだ。小さな記事だった。人々が歯科医の待合室で読むような類の記事である。見開き一ページ半の文章の中に三点の写真が付いていた。それらの風景は荒地がまさしく荒地であった時代のものである。

一枚は荒地の全景だった。タイトルの上に小さく掲げられている。傾いだ樹木が風の行き先を告げている。コローの絵に同じようなものがあった。僕は荒地から帰還した後でこれらの絵画の存在を知り、一時はかなり熱心に町の美術館へと足を運んだものであった。カミラが荒地に惹き付けられたのも、このような芸術作品の存在があったからではないかと考えてみたこともあった。それについて彼女と語り合うことは、もう叶わないのだが。

もう一枚は夜の荒地で、そこには無慈悲な月光と無数の星たちが映し出されていた。僕やペンギンたちが寝静まった後で、彼女が一人テントを抜け出して、この写真を撮影したのだと思うと興味深かった。彼女もまた荒地の夜の洗礼を受けたのだと思うと。それらの光景には自然の剥き出しの美しさと共に、残酷さ、恐ろしさもまた刻み込まれていた。この写真は記事の最後に添えられていたが、僕には彼女の言いたいことがよく分かる。

もう一枚は記事の上部にメイン・モティーフとして配置されていた。その写真の中心にいるのは若き日の、僕であった。その写真の中で僕は立てられたテントの脇の岩の上に腰かけて、どこか遠くを見つめている。その瞳には憂いを含んだ煌きが宿っている。そこにいると確かに僕は、何らかの使命を帯びた人間であるように見える。細い髪の毛が風に煽られて顔の左半分を覆い尽くしていた。

写真の横には皮肉な見出しが付いていた。


何のために？


カミラの言う通りだ。その兵士の肖像に籠められていた意味は、今日ではとっくに霧散しているし、その当時にも霧散していたのだ。

記事の内容をすべて確かめると、僕はその雑誌を書き物机の引き出しの奥へ仕舞い込んだ。これは僕だけの秘密にしておこうと思った。カミラ・バーグマンは過去に属する女性だった。荒地の時代は終わったのだ。

☆

正確には、僕の荒地任務はおよそ十ヵ月間で幕を閉じることになった。

わが軍の計画から荒地任務自体が消滅してしまったのである。僕は最後の荒地任務遂行者となってしまった。僕の後任は来なかった。カミラが糾弾したように、世界中でまだこんなことをやっていたのは僕だけだったのである。

僕はその日の朝にも中央にある本部へ向けて日報を打電したところだったのだ。いつもの通り、異常ナシ、と。しかし午後になって、薄く解いたコーヒーに粉ミルクを塗して飲んでいる時に北西の方角から隊列を組んだヘリの一群がこちらへ向かって飛んで来るのが見えた。これまで、そんな風にたくさんのヘリコプターが一度に訪れたことはなかった。僕は慌ててテントの中へ駆け込んだほどである。そこから機関銃を取り出して、再び空を見上げる頃には群影はかなり大きさを増して迫っていた。僕は膝が震えるのを押さえ込むことが出来なかった。何しろ入隊して以来、機関銃など撃ったこともないのである。もし、これが敵軍の襲来であるならば、僕独りがそれに立ち向かったところでどうなるものでもない。

機体の上に見覚えのある国旗が見えたので、僕はそこでようやく息を吐くことが出来た。本当であればその場にしゃがみ込んでしまいたかったのだが、辛うじて僕は立っていた。やがて六台のヘリコプターが巨大な騒音を撒き散らしながら僕らの側へと降りて来た。ペンギンたちは音に怯えて岩陰に身を隠してしまっていた。

ヘリコプターから降りて来たのは写真でしか見たことのない軍の上官の男たちだった。屈強な肉体の上でまっさらな軍服が光に照り映えていた。彼らはこちらへ向かって颯爽と行進してきた。僕は機関銃を肩に掛けたままの不細工な格好で、彼らを出迎えなければならなかった。

やがて隊列の先頭にいる年老いた鷹のような眼をした男が背筋を伸ばし、僕へ向かって軍隊式の敬礼をすると、他の軍人たちも一斉にそれに倣った。僕も見よう見真似で同じことをやった。まだ膝に十分な力が入らなかった。だから僕の敬礼ときたら、随分と惨めなものであったことだろう。

「今日をもって、貴君の任を解く」と先頭の男が力強く宣言した。

僕は訳が判らずに、ただ漠然と事の成り行きを見守っていた。

「ごくろう、ごくろう」と男が僕の緊張を解きほぐすように、柔和な表情で語りかけて来た。

「その銃を下ろせ。いい加減にな」

僕は言われた通りにした。機関銃が足もとでドサリという鈍い音を立てた。

「荒地任務は本日で終了ということでありますか?」と僕は言った。

「その通り。貴君を迎えに来たのだ」と鷹の眼の司令官が告げた。

「貴君に落ち度はない。これはわれわれの問題である」と別の軍人が後ろから声を掛けてきた。

「と、言いますと?」と僕は言った。

「余計な質問はするな。これは総本部の決定である」

「申し訳ありません」

「支度をするのだ。今日中にここを引き揚げるぞ!」

その後のことは、正直に言って、あまりよく憶えていない。僕は言われるがままに荷物をまとめて、彼らと共に軍の最新鋭のヘリコプターへと乗り込んだのだ。僕が憶えているのは視界の端へと遠ざかっていく荒地の最後の光景である。僕はその時に悟ったのだ。これから先の人生においては、荒地が僕を訪れることはもう二度とないのだ、と。

気がつくと、ペンギンたちは僕の荷物にしがみつくようにヘリコプターの中へと乗り込んでいた。彼らはそこで氷漬けのように眠っていた。僕は彼らの頭を交互に撫でてやった。そうしていると安心したことを憶えている。

本部へ帰還すると盛大な式典が待ち構えていた。

僕は、僕のような新兵が本来であれば会うことも許されないような軍の最高責任者たちに囲まれて、次々と表彰を受けることになった。軍というのは本当に不思議なところである。僕は荒地任務のアンカーとしての役割を果したことを（それは偶々そうなっただけのことなのであるが）賞賛され、聞かされていたよりも遥かに高位まで昇級すると共に、退役した現在でも多額の軍人恩給を受け取ることが出来ている。こういったある種の不公平が許されて良いものだろうか、と僕は思わざるを得ない。しかし世の中の大抵の既得権益者たちと同じように、僕としてもまた声高にそれを訴えるつもりはない。

わが家の居間の壁の上には大統領の署名入りの表彰状がいまでも大儀そうに飾ってある。妻はこれこそがあなたの、そしてわが家にとっても、最大の誇りであるのよ等と言う。しかしながら、それは荒地での日々に対する無知のなせる業である。そんなものには銀一粒ほどの値打ちもないのだ。僕が実際にそこでしたことを思えば、僕にはそれを受け取る理由がどうやっても見当たらないのである。

☆

ベティはその後カミラに憧れて医者になった。彼女はいまでも町で暮らしている。ペンギンの医師ということで、子供たちには評判が良いらしい。彼女は面倒見が良いし、根っからの働き者なのである。

クリストフの方は現在では二児の父親である。僕は彼の結婚式に叔父として出席した。クリストフは父親の席を用意してくれていたようだが、僕は頑なにそれを拒んだ。

「僕は一度だって、君たちの父親であったことはない」と僕は言った。

「でも、彼らにだって父親が必要よ」と妻は僕に対して、実にやんわりと取り成してきたのだが、僕は殆ど頑迷なまでに叔父という呼称に拘った。

「彼らは自分たちの力でここまで成長してきたのだよ」と僕は言った。「この先も僕に出来ることは何もない。父親として彼らの後ろ盾になれる程、僕は立派な人間ではないからね」

ベティもクリストフも人間の社会の中で堂々と立場を築いている。ときどき僕は彼らの方が、僕よりもずっと人間的であるようにさえ思える。彼らはまだ子供だったから、荒地の洗礼を受けることが少なかったのかもしれないが。

この前、夫婦で呼ばれてクリストフの家で夕食を食べた時、ある懐かしい響きが僕の耳を襲った。それは食事の後、クリストフと二人きりでテーブルで酒を飲んでいる時のことだった。女たちは居間でテレビジョンに釘付けになっていた。その時にふと、クリストフが親しみを籠めた声で言ったのだ。それは暗に昔を仄めかすような切り出し方だった。僕らの始原的な連帯を確かめるように彼は言った。

「そりゃ、そうさ。それは僕らには到底理解出来ないことだよ、E．M」

僕らはその時たしか、政治について語り合っていたのだった。昨今の軟弱な政治家たちについて。だから、そのタイミングは絶妙であったとも言える。僕らはかつてあの場所にいたのだから、と彼は言いたかったのだ。

僕はクリストフが荒地での日々を忘れていないことを知らされて嬉しく思ったのだった。E．M。イングリッシュ・モンキーは、まだ完全には、死に絶えていないのだ。


いまになって荒地を思う時、決まって浮かんでくるのは、テントの天井から吊るされていた、あのちっぽけなトランジスター・ラジオのことである。それは絶えず何かを叫び、歌い、時にはわれわれの人生における大切な何事かを語りかけてくれていた。外では疾風が、無人の荒野を切り裂くように自在に駆け抜けていた。月の光はどこまでも深く澄み渡り、星の瞬きは歴史の残響のように透徹した冷たい波紋を広げ合っていた。

風が吹き荒ぶ午後には僕はいまでも家中の灯りを消して、ラジオを点けることがある。そこから真実の声が聴こえてくることを期待して。僕の傍らには温かく燃える暖炉の焔があり、僕の両手には技師であった時代の面影はとうにない。

もし、いま、ふたたび令状が届いて、荒地へ行け、と命じられたら？（荒地が消滅した以上、そのような可能性は現実的には皆無であるのだが……）

もちろん、僕は喜んで、そこへ行くことだろう。たとえば、すべてを投げ打ってでも。

消滅した人間からの手紙

消滅した人間からの手紙は土曜日の午後三時過ぎに届けられた。

その手紙は消滅した町の、消滅した郵便局から届けられ、封筒の上面には消滅した暦の中にある日付による消印が押されていた。僕にその手紙を届けてくれた郵便局員は緑色の制服に身を包んだ顔のない男だった。顔のない男は、首をほぼ百八十度も回転した状態で、僕にその手紙を差し出してくれたのだ。僕は彼の制服の背中を見下ろすような格好になった。が、靴はこちら側をちゃんと向いていた。ということは、この男の首が回転しているのではなしに、男が制服を後ろ前逆に着用しているだけなのだ、というカラクリに僕はようやく思い至った。いずれの場合にせよ、僕が見ているのは後頭部ではなしに、彼の顔なのである。男には顔がなかった。僕が言うのは、そういうことである。

僕に手紙を手渡すと、この郵便局員は当然のように、その場所において消滅してしまった。

僕は受け取りのサインをする間もなかった。仕方なく僕は部屋の中へ戻った。台所でコップに牛乳を注いで、それを飲み、ペーパーナイフを使って丁寧に手紙を開封した。手紙は消滅していなかった。それは便箋二枚分の手紙だった。僕は冒頭の文章へと目を落とした。人間がこれを書いたのだ。

私のことを助けて欲しい、と手紙の送り主は書いていた。今更だが、きみの助けが必要なのだ、と。

消滅した町に暮らす、消滅した人間が、僕に助けを求めていた。僕は何不自由ない暮らしを送っていたのだし、今更消滅した人間に関わりたくはない。

消滅した人間は、消滅した町における生活について、実に詳細に語ってくれていた。僕は彼の言葉を通して、その場所の空気に触れているような気がした。そのうちに自分が是が非でも、その場所を訪れざるを得ないのだろうという結論に達した。消滅した人間の吸引力はもの凄いのだ。娑婆でやすやすと生き抜いているわれわれのような人間が、それに敵うはずもあるまい。

手紙を折り畳み、引き出しの奥へそっとしまった。その手紙を見なかったことに出来ればこれ以上幸せなことはあるまい。しかし同時に、そんなことは不可能である。熱なら冷めるが、火は消えない。

案の定、消滅した町の面影が次から次へと僕の元を訪れるようになってしまった。街角の何気ない風景や、匂いや、そこにあるやさしさが。

僕は部屋の中にいながらにして見たことも聞いたこともない町の住人のようになってしまった。捕らわれた、と言っても良い。僕はその町で大きな荷物を抱えて歩き回っていた。夢ではなくて幻想だ。幻想という名の重たい荷物を僕は持ち運んでいた。自分がロバのようでもあった。消滅した人々は誰も彼もが僕にやさしく接してくれた。よそ者として馬鹿にしたりはしなかった。僕は手紙の送り主の住所を訊ね、方々をアテもなく彷徨いながら、自らが辿り着くべき、たった一枚の扉を探していたのだ。

というのも、消滅した町では皆が消滅した人間なのだから、その中で手紙で僕に助けを求めた消滅した人間を探し出すのは至難の業なのである。消滅した町では誰も彼もが僕に手紙を届けてくれた郵便局員のように上着を後ろ前逆に着て歩いており、その上にあるはずの顔はすっかり消え失せているのである。

僕は諦めて、幻想から一旦は引き揚げて来た。一度目のチャレンジは失敗に終わったのである。僕はもう一度部屋の台所へ行って、コップに二杯目の牛乳を飲んだ。やれやれだ。ラジオでも聴こう。音楽が流れ出してくると、ようやく人心地がついた。僕は本来地に足の着いた人間なのである。幻想にかまけてふらふらと、上向き加減で歩いていくような人間ではない。

消滅した人間からの手紙は机の引き出しの中に仕舞いこんであるはずであった。僕は引き出しを引いた。そこには手紙はもうなかった。消滅した人間からの手紙は消滅してしまったのだ。

僕はほっとして、携帯電話を取り出すと、恋人に電話をかけることにした。彼女の番号は消滅していなかった。保留音の後で勢い良く、美咲が声を掛けてきた。

「シンくん？」

「そうだよ」

「どうしたの？」

「どうも」

「ねえ、アルゴリズムって、どういう意味か解る？」

「解らない」と僕は言った。

「いま、それについて調べているのよ。ゼミで発表しなけりゃならないから」

「ふうん」

美咲はまだ大学生である。僕より六つも若い。でも彼女は大人びているし、やっぱり若くもあって、溌剌としているから僕は好きだ。ゼミだとか、宿題だとか、そういうボキャブラリーに触れていると、学生時代を思い出すことが出来て楽しい。

「コンピューターを使って調べたら良いじゃないか？」と僕は言った。「なんだって解るよ。そういう時代さ」

「コンピューターは禁止なのよ。それを使わずに、それについて解説しなけりゃいけないんだって、さ」と美咲が言った。

「どうやって不正を暴けるんだ?」と僕は訊いた。

「そういうのは良心の問題よ。私はずるをして大勢の前で堂々としていられるほど度胸がないし、そういう奴もいるんだけれど、やっぱり判るし、強がっていても滑稽なのよ」

「そうだね」と僕は言った。「図書館なりへ行って調べるか、理数系の学生を捕まえて訊いてみるのが良いだろう。」

「どんな意味があるのかしら?」

「実践力だよ」と僕は言った。「社会に出ると知識で解決出来ない問題が山ほどあるからね。問題解決能力を今のうちから養えということだろうね」

「私はアルゴリズムのことを言ったのよ」と美咲が不満そうにぶちまけた。

「さあね」と僕は言った。

電話を切ると、僕は近所にある図書館へ出掛けてアルゴリズムについての著作を探した。僕は日中は暇なのである。だから、あんな手紙が届けられてしまうのだ。検索機能はあえて使用しなかった。それでは良心が痛む。適当に見当をつけて数学の棚の前に立ってみた。アルゴリズムという言葉は直裁には記録されていなかった。案外難しいものである。消滅した町で消滅した人間を探すことの方が、僕には向いている。

夜になってもう一度、手紙をくれた消滅した人間について考えてみることにした。部屋の明かりを消してベッドに横たわると、その町で嗅いだエタノールの香りが脳裏の奥に甦ってきた。

消滅した人間は、過去においては消滅していなかったのだ、と僕は思った。この点は重要なことである。僕はきっと、どこかの時点で、手紙をくれたこの消滅した男（或いは女）と出会っているのだろう。だから彼は僕に対して助けを求めているのである。いまこそ私のことを思い出せ、と。

消滅した人間の顔を今更思い出すことは極めて困難である。それには実践力が問われる。消滅した人々についてくどくどと考えるのは止そう、と思った。それは僕の実生活には何らの影響も及ぼさないのだから。

翌日は日曜日だった。今度は午前中に手紙が届けられた。前日と同じ郵便局の消印が押してあった。手紙を届けてくれた郵便局員には前日と同じように顔がなかった。

「おつかれさま」と彼が消滅してしまう前に、僕は声を掛けてみた。「この手紙の差出人について、幾つか伺いたいのですが？」

顔のない郵便局員は困ったように首を傾げた。顔がなくても表情はわかるのだ。なんとなく、雰囲気で。

「この人は、男ですか？　それとも女ですか？」と僕は訊いた。

「あなたは、男ですか？　女ですか？」と郵便局員が訊き返してきた。

これでは堂々巡りである。僕は問いかけることを諦め、仕方なしにその封筒を受け取った。

「あ、受け取りのサインを、」と言う間もなしに、顔のない郵便局員はその場において消滅してしまった。


「その消滅した町で、あなたはロバとして幻想を運んでいたのね？」と甲村美咲が不思議そうに訊ねてきた。

僕らは居間にあるテーブルの上で、並んで紅茶を飲んでいた。

「そうだよ。手紙を見るかい？」

僕は二通目の手紙を取り出して、封筒ごと彼女の白い指先へ手渡してやった。彼女は慎重に中身を取り出すと、専用の便箋の上にびっしりと書き込まれた文字に目を落とした。

「切実ね。なんだか、」

「そうなんだ」と僕は言って肩を竦めた。「どうにかしてやりたくなる。というか、僕自身がどうにかしないわけにはいかない。そんな感じなんだ」

「ところで、」と言って、彼女が便箋をテーブルの上に放り出した。僕は一瞬、手紙が消滅しやしないかと焦ったが、それはちゃんとそこにあった。「アルゴリズムのこと、何か、解った？」

「まったく、何も、解らない」と僕は言った。

　甲村美咲が溜息をついた。

「役に立たない人ね、年上のわりには」

「きみの手には乗らないよ」と僕は白々しくそう言った。本当は図書館へまで行ったのに成果が上がらなかった、とは言えない。

「アルゴリズムのことが解らなくても、生きてはいけるよ」と僕は言った。「教授はどんな人なの？」

「ＡＩ」と美咲が僕の目を見て言った。

「ＡＩ？　コンピューターの、あのＡＩ？」

「そう、試験的に導入しているみたい」と他人事のように彼女が告げたので、僕は驚いて尚も訊いた。

「コンピューターに教育されているのか？」

「一コマだけよ。要するに客寄せパンダのようなもの。うちの大学は最先端の教育をしていますよ、というだけのことよ。いまのところはまだね」

　僕は溜息をついた。都心の工科大学のキャンパスで何が行われているのか？　僕にはもはや理解不能である。

「きみも言った通り、いまはまだ、だよ。そのうちにそんな時代が来るんだろうか？」

「ＡＩに勉強を教わる時代が？」と美咲が面白そうに言った。

「そうさ。奴らの情報量には敵わないもの」と僕は言った。

「大人が勝手にそう言っているだけよ。歳を取ると却って理想しか見えなくなるものなのよ。その方がずっと楽だものね」

「そうだろうか？」と、僕は言った。

「そうよ」と美咲が笑いながら言った。「あなただって言っていたじゃない？　知識だけではどうにもならないことがあるって。実践力だっけ？」

「奴らはそれすら成し遂げちまうよ。いまに、」と僕は俄かに恐怖に駆られて言った。

「なら、そう思っていなさいな」と彼女が言った。


彼女を駅まで送った後で、駅前の中華料理屋へ行った。そこで遅い夕食を食べながらテレビのモニターを眺めていると、僕の心はなぜだか落ち着いた。アルゴリズムがＡＩに関係した言葉であることは解っていた。最近耳にする機会が増えた言葉だし、そのごつごつとした語感からも、いかにもそれは窺える。それはチャーハンや餃子といった言葉の対極にあるし、巨人や広島東洋カープのお仲間の言葉ではない。数式や、ビル・ゲイツや、そんなものたちと手に手を取り合っている言葉である。そしていまや工科大学の教授にまで昇進したＡＩ、人工知能が、その言葉を課題として若い女学生に調べさせている。挙句にそのボーイフレンドである大人たちまでが、それに振り回されるこの始末。

野球でも眺めている方が余程ましだ、と思えた。そこには男同士の真剣勝負の熱気が漲っているではないか？　たらふく食って寝ちまおう、と思った。チャーハンも餃子もビールもラーメンも旨い。その後の一服も旨い。この歓びが、コンピューターに解るものか。

部屋に戻ると、テーブルの上にあったはずの便箋と封筒が消えていた。迂闊だった。消滅に対する油断である。その言葉は僕の頭に一言一句違わずに刻み込まれていた。消滅した人間の手による文字と言葉というものは、奇妙な鋭さを伴って、いつまでもいつまでも持続するものなのだ。しかし、手紙という物質に、僕は拘りたかった。それが、そこにあるという現実感が、言葉そのものよりも有り難い場合もある。

僕は暗い部屋の片隅に一人きりで佇んでいた。餃子も、ビールも、ナイターも、いまではもう、どこか遠い異国の思い出のように思われた。すると、僕は唐突にロバの姿へと生まれ変わり、その消滅した町の道の上をのろのろと歩いていることに気がついた。僕はロバだった。そこで幻想の荷物を背負わされ、人々にやさしく微笑みかけられながら、出会うべき人の家を探し求めている。もの凄い落差だった。いったい僕は何をしているのか？

消滅した街角でロバの姿形のままタバコに火を点けようともがいていると、親切な少女がマッチを擦って、それを助けてくれた。この少女にも顔がなかった。でも火は点いた。タバコの味がした。僕はゆっくりとロバの肺胞へそれを吸い込んで、月の輝く夜空へ向かって、紫色の煙を吐いた。

僕に手紙を書いてくれた消滅した人間の家は坂道を登っていった中ほどに建っていた。小さな裏庭があり、そこが洗濯場になっていた。僕がそこに辿り着いたのは夜更けになってからだった。しかし、そこにはまだタオルやシャツが風に晒されて空しく棚引いていた。

僕はロバとしてその家のドアを叩いた。消滅した人間は出て来なかった。僕は仕方なく勝手に扉を押し開けると、家の中へ一歩足を踏み入れた。アンモニアの強烈な刺激臭が鼻腔を突いた。この家の中で手紙の送り主はすでに息絶えているのかもしれない、ととっさにそんなことを考えてみた。しかし、消滅した人間は生きていた。その家の中央で暖炉の火に当たっていたのだ。

消滅した人間は僕が僕であり、今夜ロバとして現れることを心得ていたみたいだった。彼は驚かなかったし、彼女もまた驚かなかった。消滅した人間は男であり、女だったのだ。難しい表現という他はない。

二度目の手紙では、消滅した人間は一度目の時よりも幾分か苛立っているようであった。僕がいつまでも自分を訪ねて来ないことに対して。だから、僕はまずは詫びた。

「ここへやって来るのが遅くなってしまい、申し訳ありません」

消滅した人間は何も言わなかった。まるで彼または彼女である方が主人であり、僕の方がしもべみたいだった。ここは消滅した人間たちが暮らす、消滅した町なのだから、それはしょうがない。おまけに僕はロバである。人ですらない。僕は自らがロバの格好であることがたまらなく惨めに思えてきた。

「こんな姿形で申し訳ありません」と僕は言った。

「それは良いのよ」と消滅した人間が言った。「私があなたのことを、ここへ呼んだのだものね？」

そう言う間にも、消滅した人間は暖炉の前から一歩たりとも動かなかった。消滅した人間は軍服を身に纏っていた。もちろん上着は後ろ前が逆だった。それが、この町の流儀である。

「今夜、僕は、ここへ来ました」と僕は言った。間抜けな問答である。しかし、そう言う以外に言葉もない。

「緊張しているのね？」と消滅した人間が言った。「それに少し、怯えているようにも見える」

「顔がないことには免疫がありますが、一つの人格の中に二つの性別があるということには不慣れです」と僕は言った。「そういうのって、不便じゃないですか？」

「そうでもないわよ」と消滅した人間が言った。

「でもさっきから、男の声はいっこうに聞こえてきませんが？」

「彼は軍人のように無口なの」と消滅した人間が愉快そうに告げた。

「なるほど」と僕は言った。「でも、僕に手紙を書いたのは彼の方ですね？」

「そう」

「では、僕に用があるのも？」

「私たち二人にとって、あなたは同じように大切な人なのよ」

そう言うと、消滅した人間は暖炉の前の揺り椅子の上からゆっくりと立ち上がり、こちらへ向かって振り向いた。

「ねえ、この部屋に見覚えはないかしら？　懐かしいでしょう？」

そう言われるまで、僕は家の中の調度品へ目をやる余裕さえもなかった。しかし、確かに言われるまでもなく、この家には見覚えがあったのである。ガラスの時計や、壁のレンガや、その上の傷跡に至るまで。強烈に懐かしさが込み上げてきた。

「裏のお庭でよく遊んでいたのよ。あなた、小さい時には、ね」

「そうですか」と僕は言った。あの洗濯場で、僕が？

「そう。あなたは私たちのことをよく知っていたし、私たちは今でも、今までもずっと、あなたのことを忘れたことなんてなかったのよ」

「有り難うございます」と僕は言った。

「あなたが私たちのことを忘れてしまったのなら、それは仕方のないことだし、私たちはあなたがそれで幸せでさえあるのなら、かまわないと思っていたの。でも、どうしても、あなたの助けが必要になることがあったのよ。それで彼が手紙を書いたの。私は止せ、と言ったのだけれど」

「そうでしたか」

「彼を嫌いにならないで下さいな」と悲しそうに彼女が言った。

「昔はあなたにも、ずいぶんと優しくしてあげたのだから」

「昔は？」

「そう。いまではもう、すっかり変わってしまったの。とても横暴で、一緒にいても愉快な人とは言えないわ。すぐに私のことも罵倒するし、あなたに対してもそうするでしょう。でも私は今でもこの人のことが好きだし、冷たい人間になってしまったとしても、彼が彼であることに変わりはないのよ」

「僕にはあなた方に対する記憶がありません」と僕は正直にそう告げた。「この家やあなたの声色に、たまらなく懐かしい感じがするのは認めます。きっと僕はあなた方を知っていたのだし、深く関わったのだろうと思います。その時代には。でも、いまではそれは消滅してしまっている。だからあなたが僕にどれほど辛く当たろうと、僕としては裏切られただとか、幻滅してしまったというような意味合いで、傷つくことはなかろうと思います」

「それでも、あなたは傷つくわ、きっと」と消滅した人間は言った。

消滅した人間は、その家で、消滅した人間のためのワルツを書いていた。

そのワルツの制作の過程で、僕の運んで来た幻想が必要になったのだ。僕はロバとしての役割を果たすことは出来たわけだ。しかし消滅した人間の中にいる彼女が予言した通り、もう一つの、僕に手紙を書いてくれた方の消滅した人間はとても気難しく、暗い、陰鬱な人間に成り果ててしまっていた。

彼は僕を酷く罵った。居間にいても、書斎にいても、僕のことを始終呼びつけ、呼びつけては罵倒し、怒りを露わにして辺りにある物を手当たり次第に破壊し尽くすのである。

これは、たまったものではない。彼が前面にいる間、やさしい女性の側の人格はその裏にすっぽりと覆い隠されてしまっているのだから助けを求めようもない。僕としてはやられる一方である。せっかくロバとして必要な幻想を運んで来てあげたというのに、そのことに対する感謝もない。僕はロバとしてやつれ果て、徐々に裏庭の洗濯場にいる時間が増えていった。そこへやって来る時の消滅した人間は、やさしい女性の人格者であるから、僕としては安全なのである。

一度、そこで彼女と言葉を交わしている時に、僕は言った。

「あれだけ酷いことを言われても、僕にはどうしても彼を憎むということが出来ません。それどころか、酷い言葉を浴びせられれば浴びせられるほど彼に対する記憶が甦り、僕は僕自身が許せなくなるのです。このことが、もっともたまらないことです。僕は間違った生き方をして来てしまったのでしょうか？」

消滅した人間は物干し竿の上の洗濯物を籠の中へ放り込みながら、黙って僕の話を聞いていてくれた。やがてそれが終わると、彼女は顔のない頭を両手で覆い隠すようにして言った。

「かつてはあれほど優しくしてくれた人間が、今ではもうすっかり別人になっていて、あなたに辛く当たるということが、あなたを戸惑わせているだけなのよ」

「僕にはその当時の記憶がありません」と僕は言った。「どうしても思い出せないのです。それは消滅してしまったのですから。でも、たしかに記憶のよすがとして、その面影はあるのです。そして、それはかけがえのない何かだ。それを忘れ去ってしまった自分に責任があるのかもしれません」

「そんな風に深刻に考える必要はないわ」と消滅した人間は言った。「あなたの、悪い癖ね。昔から」

「そうでしょうか？」

「そうよ。私たちが消滅したことに責任を感じる必要はどこにもないわ。あなたのせいではないし、誰のせいでもないのよ。私たちは消滅した。そして消滅した人間として、消滅した町に住み、消滅した人間たちが踊りを踊るためのワルツを書いている。でもそこで、あなたに手紙を書いて、助けを求めてしまったのが間違いだったのかも知れないわね。」

「正直に言ってショックです。僕らは、というのは僕ともう一人のあなた、ということですが、僕らはもっと違った時と場所で巡り会うべきだったのかもしれません」

「あるいはもう二度と巡り会えなかったかもしれないわ。冷たい私も、今こうして話をしている私も、一人の同じ人間なのよ。私はあなたに会えて良かったわ。あなたがもう一度この家を訪ねて来てくれて、嬉しいと思っているのよ」


幻想を解かれて人間の姿を取り戻すと、僕はいつもの見慣れた部屋の中にいる。大抵はベッドの上である。僕は天井を見上げてほろほろと冷たい涙を流す。やがてそれが収まって、僕は洗面所で顔を洗い、ロバのようには伸びていない両頬の髭を撫でて、消滅した人間と彼らの町について束の間思いを馳せるのだ。

「アルゴリズム」と僕は言った。鏡の中で、もう一人の僕が同じ言葉を呟いていた。「アルゴリズム体操、アルゴリズム衝動、アルゴリズム放物線……」

消滅した人間からの手紙はその後届けられなくなった。土曜日が来ても、日曜日が来ても、制服を後ろ前逆に着た郵便局員はやって来なかった。ワルツの制作は上手く進んでいるようだ。僕はそのことに喜びと満足を覚えた。


ところが、である。日曜日が終わり、時計の針が午前零時一分を指したところで、アパートのドアをノックする大きな音が響いたのだ。僕は眠り支度を整えて、ちょうど歯を磨き終えたところだった。僕は慌ててドアを開けた。そこに例の郵便屋が立っていたのだ。

「夜中ですよ？」と僕は驚いて言った。

「受け取りのサインをして下さい」と顔のない郵便局員は言った。

彼が手にしていたのは、これまでよりも大きな茶色の封筒であった。その上に「速達」と記された青いスタンプが押してある。僕はしぶしぶ部屋の中へ引き返し、ボールペンを手にして戸口まで戻って来た。それから受け取りのサインをして封筒を受け取り、ドアを閉めた。僕は明かりを点けて封筒を開封した。中には真新しい楽譜が一冊と一枚の便箋が収められていた。便箋には狂ったような筆跡の細かい文字がびっしりと書き込まれていた。誰の手によるものか、すぐに判った。消滅した人間たちのいる町の風景が走馬灯のように思い出された。やさしい女たちと罵倒する男たち。楽譜の方は見るまでもなかった。消滅した人間のためのワルツが遂に完成したのだ。

この楽譜を演奏家の下へ届けるように、と手紙には綴られていた。それから一言だけ、有り難う、と。僕の労苦は報われたことになる。そのことには安堵を覚えたが、これからのことを思うと気が重かった。僕には音楽家の知り合いはいなかったし、自分でこの楽譜を弾きこなすだけの技量もまたなかった。甲村美咲に聞いてみようかとも思ったが、彼女も楽器を弾けるという話はしていなかった。

それでも他に心当たりもないので、僕は彼女に電話を掛けてみた。

「もしもし？」

「あなた、いま、夜中よ？」と憤慨したような彼女の声が受話器を通して聞こえてきた。

「わかっている」と僕は言った。

「急な用事なの？」

「いや、べつに」

「あのねえ、」と彼女が言いかけたので、僕はそれを遮って訊いた。

「きみはピアノは弾けるかな？」

「何を言っているの？」

「ピアノだよ。ピアノでなくてもいい」

「言っている意味がわからないんだけれど、」

「何でも良いから楽器が弾けるかと訊いているんだ。楽譜は読めるかい？」

間があった。

「私、理工系の学生なのよ？」

「そうだよね」

「なんだか知らないけれど、別の人に頼んでくれる？」

「わかった」

そこで電話が切れた。しばらく僕は受話器を握り締めていた。とりあえず、これは幻想ではない。楽譜は届いたし、楽譜が届いたという事実は誰かに伝えられたわけだ。

翌日から僕は早速、方々へ演奏家を訪ね歩いた。楽譜は消滅しなかった。僕はそれをトランクに入れて持ち運んだ。一人の演奏家は楽譜をしげしげと見つめた後で、こう言った。

「それで、この音楽を演奏しろと仰る？」

「できれば」と僕は言った。

「タイトルは？」

「消滅した人間のためのワルツです」と僕は言った。

「消滅した人間のための？」

「そうです」

「誰に聴かせるんです？」とその男は怪訝そうに訊ねてきた。

「消滅した人間のためのワルツですから、当然消滅した人間に聴かせることになります」と僕は言った。

「どこにいるんです？　それは？」

「どこにもいません」と僕は応えて言った。「彼らは消滅したんですから」

「どこにもいない人間のために、この音楽を演奏するんですね？」

「そうです」

男は深く頷いた。それから何かを熟考し、両腕を胸の前で組み合わせたまま、長いあいだ物思いに耽っていた。

「音楽の効用は無限です。演奏家として、そのことは信じたい。しかし、どこにもいない人間のための音楽を演奏することは出来ません。音楽は人に受け入れられて、初めて完成するものだからです」

概ね、このようなやり取りがくり返されることになった。消滅した人間のためのワルツを演奏してくれる音楽家はいなかった。どこにも。

僕は途方に暮れてしまった。いっそピアノ教室へでも通って、僕自身がこの音楽を演奏してみようかとさえ考えた。しかし、僕の指はピアニストになるには短かすぎたし、太くて繊細でもなかった。甲村美咲はあの夜の電話以降、僕のコールに応じてくれなくなっていた。

楽譜はその間も消滅しなかった。手紙は消えてもこの楽譜は消えまい、という確信が僕にはあった。消滅した人間が僕の幻想に拘った理由はそこにある。僕はいつしか消滅した人間を追いかけ、そのうちに立場が逆転して、いまでは僕の方が消滅した人間によって追い立てられているのである。

消滅した人間へ宛てて、僕は手紙を書くことにした。

苦肉の策である。プロの演奏家は誰も、消滅した人間のための音楽を演奏してはくれません、と僕は書いた。そうすることは彼らの職業倫理に悖ることのようです、と。

僕はせめて失礼のないようにと、コンピューターは使わずに万年筆で綺麗な文字を書くことを心がけて書いた。手紙が書き上がると戸口に立ってベルを鳴らし、顔のない郵便配達人が現れるのを待った。彼に手紙を手渡すと、肩の荷がどっと下りたような気がした。僕は最善は尽くしたのだ。可能なことと不可能なことの境界ぎりぎりを歩いて渡り切ったのだ。そのことは誇っても良い。

返事は来なかった。待てども待てども、それはやって来なかった。僕は戯れに甲村美咲の番号へ何遍か電話を掛けてみた。電話はどこへも繋がらなかった。彼女は僕の下から去ったのだ。夜中に不可解な電話を掛けてくる、役に立たない年上の彼氏を見限ったのだろう。「オーケー、コンピューター」と僕は夜空に向かって呟いた。「僕は人工知能ではない。たとえ消滅してはいても、人間と呼べるものの方が好きだ」

平穏な日々が戻ってきた。

牛乳の配達は滞りなかったし、新聞も所定の時間にポストに配られていた。僕は高幡信吾としての人生をまっとうしていた。消滅した人間の影は、いまではどこにも見えなかった。たくさんの雨が降り続いた。雨は僕らの失敗を洗い流してくれているみたいだった。

僕のトランクは玄関に置かれたままだった。中には消滅した人間のためのワルツが入っているはずであった。僕はもう、それを開けて眺めたりはしなかった。それがそこにある、ということを信じられるだけで十分だったからだ。

消滅した人間からの四度目の手紙が届けられた日には久方ぶりに雨が止んだ。その日は無限の太陽が頭上から降り注いでいた。郵便配達人の制服は夏用の物に切り替わっていた。初夏の風がわれわれの頬を撫でていた。郵便配達人の男は手紙を僕へ手渡すと、大きく一度伸びをした。それから特に物も言わずに、その場において消滅してしまった。

僕は台所で牛乳を飲みながら、些か乱暴にその手紙を開封してしまった。僕にとってはもう終わったことだった。便箋は三枚重ねで、これまでのものよりも重く、インクの色も多少異なっていた。

その手紙の筆跡には見覚えがなかった。これまでの差出人とは違う人間が書いたものであることがわかった。

手紙を送ることを許してね、とその手紙は始まっていた。前にもお話しした通り、あなたへ手紙を送ることは、この私の本意ではありません、と。軍服を着た顔のない消滅した人間の記憶が甦ってきた。男であり女でもある、僕を良く知る一個の人格。その女性の側が今回の差出人なのだ。

あなたがなかなかこの場所へやって来ないので、あの人は相当苛立っているようです、と彼女は書いていた。でも、それは大した問題ではありません。問題はあの人が消滅した人間であることに無力感を感じ、そのことを苛むようになったことです。あの人の状態は日に日に悪化しています。私にはそのことが手に取るように分かるのです。あなたに何かをして欲しい、というわけではないのです。この点は重要です。誤解しないでください。ただ時々は私たちのことを思い出して欲しい、と願うだけなのです。私たちは誰の心の中にも存在していないのです。本来は。ですからあなたがそのための余地を、われわれのために残しておいてくれたなら、それだけで十分に救われた思いがするのです。

日に日に悪化している、という消滅した人間の容態が僕にはとても気になった。あの男はあの家で、念願であったワルツを書いたのだ。その楽譜はいま、僕の家の玄関のトランクの中にある。彼は結局のところ自らの努力が正当には報われなかった、ということに対して絶望を感じているのだろうか、と思った。僕は出来うる限りのことはやったが、その音楽がこの世界において鳴り響くことはなかった。

どれほど冷たい人間であっても死者の如く冷たいわけではありません、と手紙は引き続いていた。あの人も、そうです。心の中で絶えず葛藤しているのです。しかしかつての明るい炎がその顔を照らすことはもうありません。そういった時代は過ぎ去ったものですし、われわれはその暗闇の中を手探りで進むしかないのです。この前の夜、あの人が初めて泣くのを聞きました。私は彼の裏側で薄い眠りの中にいました。あの人が泣いたということは、私には小さな驚きでありました。本当に冷たい人間は涙など流すことはないからです。これもあなたがこの家に来てくれたことのおかげです。本当にありがとう。愛しています。

手紙を読み終えた後、僕はしばらく台所の床の上に立ち尽くしていた。何もかもが平和に思われた。自分がいま生きていて、消滅の憂き目に遭うこともなしに易々と暮らし抜いているということに、この上もない充足を覚えた。そんな僕に、まだ何か出来ることがあるだろうか？

そう思っていたら、玄関の方から扉をノックする音が聞こえた。

僕は歩いていってドアを開けた。ドアの向こうに西日を浴びた甲村美咲が立っていた。ピクニックへでも出掛けるような軽快な服装をしていた。

彼女は何も言わず、また僕も何も言わずに、互いの顔をじっと見つめ合っていた。やがて彼女はきょとんとした表情で不思議そうに僕に訊ねてきたのだった。

「どこも、変わったところはなさそうね？」

僕は自らの身体を点検するように目を落とした。

「どういうことだい？」

「あなた、ずっと連絡が着かなかったのよ」と甲村美咲が責めるように言った。

「まさか。この部屋に大抵はいたよ。きみにも何度か電話を掛けた」

彼女は僕の言葉は聞かずに先を続けた。

「心配したのよ。それでこうして来てみたの。あなたが部屋の中で黒焦げになって死んでしまっているのじゃないか、と思ったものだから、」

「僕がかい？」

「そうよ。シンくん。どうして今まで連絡をくれなかったのよ？」

なるほど、と僕は思った。彼女が去ったのではない。僕が消えかけていたという訳か。

「さあ、中へ入っておくれ」と僕は言った。彼女が来てくれて、僕の心は明るさを取り戻していた。彼女はおずおずと玄関で靴を脱いだ。

「ねえ？　私、あなたに嫌われるようなことを何かしたかしら？」

「何一つしていない」と僕は言った。

「でも、」と彼女が言いかけたので、僕はそれを遮った。

「夜中に可笑しな電話を掛けたのは僕の方だ。きみは何も悪くない。そのことで怒ったりなんかしていない。むしろきみがこうして、また僕を見つけてくれて僕は嬉しいよ。心から」

「大袈裟な人ねえ」と彼女が部屋の中へ入って来かけながら言った。「このトランク、どうしたの？」

「旅に出るわけじゃない」と僕は言った。「お茶を入れよう。好きな所へ座ってくれ」

「ありがとう」

僕が台所で二人分の紅茶を沸かしている間も、彼女は落ち着かない様子で僕の挙動を見守ってくれていた。

「心配しなくても、僕はもうどこへも行かないよ」と僕は笑いながら言った。「それより、アルゴリズムの意味は理解したのかい？」

「ええ……まあね、」と甲村美咲が視線を逸らしながら言った。

「コンピューターを使ったな？」

「やっぱり判る？」

「そりゃね。きみは嘘が下手だからな」

「人を騙すことが苦手なのよ」と彼女はやんわりと訂正した。

「そうだね。一つの美徳だ。人間であるが故の」と僕は言った。

紅茶を飲みながら、二人でそれまでに起きた色々な出来事について話し合った。僕は消滅した人間の家へ辿り着いた時の話をした。そこで僕の背負い込んだ幻想が、ぴかぴかのワルツへと生まれ変わった、ということ。

「それでピアノが弾けないか、なんて聞いたのね？」と彼女が得心したように言った。

「腑に落ちたかい？」

「でも残念ながら、楽器は何も弾けないの」と甲村美咲が申し訳なさそうに告げた。「シンくんも？」

「そうさ。だから、きみに頼った」

「ごめんね」

「いいさ。消滅した人間のためのワルツだもの。この世界に存在する資格のない音楽だ。そいつが今、僕の部屋のトランクの中にあるというだけだよ」

「高かった？」

「いや、中古だからね」

「良いトランクだわ。今度あれを持ってどこかへ旅行に出掛けましょうよ？」

「楽譜の件が済んだらね」と僕は言った。

「難題だわ」と彼女が言って、カップを手にしたまま首を振った。


消滅した人間のためのワルツをコンピューターに演奏させる、というアイデアを思いついたのは甲村美咲だった。ある土曜日に、僕らは都心の郊外にある工科大学のキャンパスの一隅で、初めてその音楽を聴いた。それは消滅した人間の努力が報われた瞬間であった。僕はこの時を忘れることはないだろうし、そのための余地を頭の中にいつまでも残しておくことだろう。

消滅した人間のためのワルツはいま現在でも、コンピューターの世界において存在し続けている。誰でもその音楽に耳を澄ますことが出来る。消滅した町で暮らす、少々気難しい音楽家の書いたワルツだ。そこには僕の幻想が貢献したところもある。

これが消滅した人間からの手紙の顛末である。僕は甲村美咲と今のところは愛し合っている。この先はどうなるか、それは誰にもわからない。

トランクの中身はいつの間にか消滅してしまっていた。いまではそのスコアは情報として記憶されているのだから、現物がなくなってしまうことにそれほどの意味はない。僕らはそのトランクの中に靴下やTシャツを詰め込んで、この間初めて二人で旅行へ出掛けた。

その夜に甲村美咲と旅館の廊下を歩いている時に彼女が打ち明けてくれたことがある。はっきりとそう口にした訳ではなかったが、彼女は嘘が下手だ。楽譜はまだ、この世界のどこかには留まっている。僕が、それがそこに留まっていることを理由にいつまでも旅行へ行くことを拒むから、彼女はこっそりとそれを持ち出したのだ。楽譜は彼女が持っている。あるいは僕の部屋のどこかに隠してあるはずだ。いずれにしても、安心な所へ。

僕は時期を見計らって、その場所を問い質そうと考えている。いまのところはまあ、まだいい。楽譜が現物として存在していることはやはり重要なことなのだと、僕は考えている。

コンピューターの世界で再生されている消滅した人間のためのワルツを誰が聴いているのかをわれわれは知らない。でもそれは、その音楽にとっては、正しい場所であるような気がしている。アルゴリズム、もなかなか馬鹿には出来ないのだ。僕はまだ、その正確な意味を理解していないわけだが。

旅館の裏手にある庭園の小径からは丸い大きな月を見上げることが出来た。夜中にどうしても寝付けずに、僕は独りでこっそりと部屋を抜け出して来たのだった。夏の風が心地良く肌を撫でていた。虫の声が聴こえた。僕は月を見ていた。

僕はロバとして消滅した街角を彷徨っていた時間に思いを馳せていた。その場所の空気が僕の身体にいまでも染み込んでいることを確かめようと。そこには僕の大好きであった人々が暮らしていたのだ。僕を愛し、僕もまた彼らを愛していた。どれほどの時間が流れようとも、その思い出は色褪せない。たとえ彼らがどのように変貌しようとも、僕の瞳はその奥にある彼らのプリズムを正確に捉える。

酷い罵倒の言葉。辛辣な態度。捨て鉢なポーズ。それらは皆、僕が彼らに対してしてきたことの反響でしかない。まだ生きていやがったのか、と消滅した人間は僕を見て言ったが、それはことの本質ではないのだ。

そう思えたことで、僕は救われたような気がした。部屋へ戻って静かにベッドの中へ忍び込むと、甲村美咲が裸の脚を僕の足首に絡めてきた。

「冷たい、」と彼女が言った。

「散歩をしていたんだ」と僕は言った。

「どこまで?」

「すぐ、そこまで」

「あなたは、ロバじゃないわ。」と彼女がこちらへ振り向いて言った。

「その通り。僕はロバじゃない」

僕らは見つめ合い、そっとキスした。彼女の唇は冷たかった。僕はぞっとしてしまった。「もう消滅した人間からの手紙が届けられることはないわ」と甲村美咲が真実を告げる時の荘厳なる静けさを伴って告げるのを僕は聞いた。

「そうだね。あの手紙のせいで、いろいろなことが変わってしまったのだから」

「あの手紙は私が書いたのよ、実は」と甲村美咲が真剣な表情で、僕の瞳を覗き込みながら言った。

僕はその瞳を見ていた。じっと。

「たしかに、きみはまだ何かを隠している」と僕は言った。「しかし、きみは嘘をつくのが苦手だし、人を騙すような女ではない」


甲村美咲が消えたのは、その翌朝のことだった。朝、目が覚めた時には、彼女はすでに消滅してしまった後だった。今度こそ、彼女は僕の下からは去ったのである。恐らくは、消滅した人間のためのワルツの楽譜とともに。

僕は消滅していなかった。僕は案外幸運な人間であるのかもしれない、と思った。僕よりも恵まれているように見える沢山の人々が、実際には日々消滅の憂き目に遭っている。僕は旅館の部屋から甲村美咲の番号へ電話を掛けてみた。その番号は使用されていなかった。まったくもって不可解な事件には違いなかった。しかし僕には妙に腑に落ちるところもあり、取り乱しもしなければ、ことを構えることもなかった。

僕は独りで旅先から帰還した。アパートの部屋に辿り着くと、孤独がどっと押し寄せてきた。トランクを開けると、彼女の私物は綺麗さっぱりと消えていた。跡形もない、とはこのことだ。スリップの一枚でも残っていれば、それを眺めていることも出来た訳だが。

その手紙はポストの底に置き去りになっていた。

消滅した人間からの五通目の手紙だった。旅行から帰って五日目の朝のことだった。空はよく晴れていて、遠くに牧歌的な雲が一つだけ置いてあった。

手紙を見つけると、僕はすぐに部屋の中へ引き返した。そして封筒を開け、中身を取り出して立ったままそれを読んだ。

こんな風に、手紙で消息を伝えることになってしまって、ごめんなさい、と消滅した人間は書いていた。あなたといつまでも一緒にいたかったのだけれど、そういう訳にはいかないみたいです。私はもうじき消えてなくなるのだ、という実感があるのです。だから、そうなってしまう前に、あなたに対して手紙を書くことにしました。この手紙が届く頃には、おそらくは、そうなってしまっていることでしょう。あなたにこれ以上、消滅した町からの郵便物を受け取らせるわけにはいかないので、私はいま、これを書いて、この後で近所にある消滅していない郵便局から手紙を発送するつもりでいるのです。それくらいのことは出来ます。そして、それが済んだら、あなたとの最後の旅行を精一杯悔いなく楽しむつもりです。私がどうなっても、あなたはそれについて思い悩む必要はありません。あなたの責任ではないですし、あなたの話を聞こうが聞くまいが、早晩同じことが起こっていたでしょう。私のことを決して忘れないでください。私が旅先で口にしたことを記憶の中に留めて置いてください。ちょっと、図々しいかしら？　でも、消滅する人間は、妙に臆病になってしまうみたいなの。忘れられてしまうことが、何よりも怖いです。消滅すること自体には、それほどの恐怖はありません。

さよなら、シンくん。

愛しています。

手紙を読み終えると、僕は長く細い息を吐いた。旅先で美咲が口にしたことを、一言一句まだそれが思い出せるうちに胸の中に留めようと思った。

あなたはロバじゃない。

僕に思い出せたのは、その程度のことでしかなかった。その他のことは何もかも、彼女がワルツと共に運び去ってしまった物たちの中に含まれていた。

セロリの肖像

安西みちるはその日の朝にその男と知り合った。

駅の構内で改札へと至る短い階段を降りかけたちょうどその時に、向こうから一人の男が唐突に姿を現したのである。彼女にはそれをかわすだけの余地は残されていなかった。自然二人の男女はそこで衝突し、彼女はTシャツとブラジャーを身に付けただけの上体に、男の重みをガツンと吸収することになったのだ。

彼女はよろけたが、倒れ込んだりはしなかった。彼女は世の中の標準的な女性よりは身体が頑丈で大きかったのだ。それに較べると男の方はやや小ぶりだった。だから彼女は自分が彼に吹き飛ばされるように後方へと弾かれたことに対して奇妙な感じがしたものだ。男はそこに立っていて、彼女に対して労わるように声を掛けて来てくれた。

「大丈夫?」と彼は言った。「ごめんね」

その言葉に、安西みちるはもう一度よろけかけてしまった。彼女は幼い頃より、大きいということで、男の子たちからはからかわれてきたのだし、自分がいつでも列の後方に並ばなければならない、ということに対して巨大な劣等感を抱き続けてきたからである。雑踏で人にぶつかる、などということは、彼女にとっては、あってはならぬことであった。彼女はそのためにいつもいつも、人よりもずっと気を遣って歩き続けてきた。それなのにその日に限って、家を出る時間が少し遅れてしまい、早足で彼女は歩いていた。

「私の方こそ、ごめんなさい」と彼女は消え入りそうな声で言った。

「いいよ。僕の方が悪いんだ。考え事をしていて、前を良く見て歩いていなかった」と男が安心したようにそう言ってくれた。

その言葉には嘘偽りなしに彼女の身を案じてくれているのだと察せられる響きが篭められていたので、安西みちるは安心し、それと同時に新鮮さを味わっていた。自分がこのように男性から大事に取り扱われたことが、これまでにはあったろうか？　それにまた男性の肉体というものは、その大小に関わらず、本質的に強いのだということも改めて思い知らされた。

彼女は駅へと急いでいた理由も忘れて、しばらくの間、その場所にぼーっと立ち尽くしてしまった。男の方では彼女にどうやら怪我はないらしいということが分かって安心し、そこを立ち去るタイミングを見計らっているようであったが。彼女は彼に行って欲しくない、と思った。なぜだか、そこまでは、考えは回らない。私とこの人とは今はまだ赤の他人でしかないけれど、それ以上の何かになれるような気がした。こうしてぶつかったのも何かの縁、とまでは言わないが、何かもう一つ、二つの偶然が味方してくれさえすれば、自分はこの人と仲良くなれるのではなかろうか。

しかしそれ以上の偶然は起こらずに、男は頭を下げて振り向くと、そのまま彼の行く方へと歩き出してしまった。彼女の方でもそれ以上、彼を引き留めておけるような力は発揮できなかった。彼女はそこで遠ざかって行く男の背中を最後まで目で追いかけていた。男は振り向かなかった。でもあの人は、私の視線を背中には感じているはずだと思った。彼女を乗せてゆくはずであった列車は、とっくにホームから発車されてしまっていた。彼女は自分がどこへ行き、何をしようとしていたのか、果たしてそれは、自分にとって重大な何事かであったのか、それらの物事に対する興味を一時に失ってしまった。

安西みちるはそれからしばらくの間、その男の幻影を追いかけ続けていた。起きている間じゅう彼のことばかりを考え続けていた、と言っても良い。何をしていても集中が続かずに、彼のことばかりが頭の中を過ぎる。といっても、この男との思い出はほんの一瞬のことでしかなく、それも出会い頭のことでしかないので、思い出すにしてもそれはショート・フィルムのように、実に呆気なく結末を迎えてしまうのである。それにもっとも厄介であったのは、彼女にはどれだけ思い出そうとしても、この男の顔だけを思い出すということが出来なかった。男の全身のシルエットについてはやけに明瞭に網膜にこびりついているのだが、その顔の部分だけが黒い靄のようなものに覆われていて明らかにならなかった。とっさに彼女は彼の顔を見ることを避けてしまっていたのかも知れなかった。恥ずかしさと申し訳なさから。それに較べると彼の声ははっきりと憶えている。大丈夫、と、ごめんね。これだけ。彼女はくり返しこれらの言葉を反芻し、それによってどうにか男の顔の細部を、鼻の形だとか、瞳の大きさだとか、を思い出そうと努めるのだが、彼女のそうした努力はいつも無残にも跳ね返されてしまった。男の顔には特殊なフィルターが掛けられていて、秘密のパスワードでもなければそれが明らかになることはないように工夫されているようだった。どうして自分がこんなにも、ただぶつかっただけの男に心惹かれてしまうのか？　なぜ彼の顔だけを、他は明瞭に思い出せるのに、どれだけ考えてみても思い出すことが出来ないのか？　これらの謎がますます彼女に、彼について考えることを止めさせないのである。

　男について考えることがほぼ日常になっていた頃、安西みちるはこれまではどちらかと言えば避けていた男性というものに対して、積極的に目を向けるようになっていた。街を歩いていても、そこにいる男性につい目が向いてしまうのだ。これまではそんなことはついぞなかった彼女にとっては、それは戒めるべき習慣であったわけだけれど、どうしても目は男性を追っていた。そんな時には、私はあの人を探しているのだ、と自分を納得させはするのだが、相手が誰であれ彼女は俄かに男性の肉体に対して興味を抱くようになっていた。この時点で、彼女はもう十分に成人年齢に達してはいたのだから、これは恥ずべきことではない。

彼女はこれまでは女性たちの中でのみ生きてきたようなものであったから、むしろこれまでが、内面の欲望を巧妙に抑制してきたとも言える。しかし一度解放されてしまった力は簡単には抑え込めるものでもない。安西みちるはそれまでのところ、形だけのものを除けば男性とデートをしたことすらなかったのだし、愛し合った経験もまたなかった。同年代の他の女子たちが、そういった話題に瞳を輝かせているような時にでも、彼女はいつも無関心だった。無関心を装っているのではなしに、本当に男というものに対して興味が湧いて来ないのである。しかしながら、時を経て、その分実に強力に、それは訪れてしまったのである。

安西みちるは男のこと以外考えられなくなってしまったのだ。恋の季節、と言えば聞こえは良いけれど、その実彼女が求めていたのは、もっと純粋に男の肉体であった。彼女は男に、それもあの男のように頑丈な男の肉体によって、壊れるぐらいに強く抱き締められたいと願ったし、そう思うと白昼夢の中にいるように身体が火照って止まらなくなってしまった。自分は異常なのだろうか？　と思ったりもした。もっと思春期の頃に、同じようなことで悩んでいた友人たちの話に真剣に耳を傾けておくべきであったのだ、と後悔したりもした。今更こんなことは誰に訊くことも出来ないし、もとより自分の性欲のことなど自分で解決するより他にはない問題だ。そう思うと世の中の人たちは、一人ひとりがこの手の問題を解決しているのだから、案外大したものなのだと思えてきたりもするのである。

ところが、そこで、あるとてつもない、更に言えば途方に暮れてしまうような出来事が持ち上がってしまった。安西みちるは、家の中にいながらにして雷に打ち抜かれてしまった人間のように、唐突に妊娠してしまったのである。処女が妊娠してしまう等という事例は、神話の中でならいざ知らず、現実の内側において行われるべき事柄ではない。彼女は大いに取り乱し、目の前がまさに漆黒の闇によって閉ざされてしまったような気分に襲われた。なぜ、自分が妊娠しているのか？　これは男のことばかりを考え続けて目の前の生活を蔑ろにしてきた自分への罰なのか？　それともあの男には触れただけで相手を妊娠させてしまえるほどの強烈な精気が宿っていたとでも言うのか？　いずれにしても彼女にとっては、それは死の宣告にも等しいものに思われた。お前はもうこの先、全うな一人の人間としては生きてはゆけぬのだ、と言われているようなものだった。全うな人間は処女のまま妊娠したりはしないものである。男とぶつかってしまってから三ヶ月が経過していた。あの男をどうにかして探し出し、見つけ出せたとして、私には言えることは何もないのだ、と思った。責任を取れ、とは言えない。科学的な根拠に乏しいし、彼はただ私にぶつかって、相手の身体を気遣ってくれただけである。でも彼女にはどうしても、それ以外の心当たりは思いつけなかった。思いつける訳もない。考えてみれば彼女はこの三ヶ月間というもの、絶えず男の肉体のことについて考え続けてはきたわけだけれど、実際に男の身体に接触したということは、あの朝を除けば、それからかなり時間を遡って考え合わせてみても皆無なのである。彼女は母子家庭に育ったし、元来が人見知りをする性格であった。本当に幼かった時代を除けば、彼女が男性の身体と接触を持った機会はほぼなかった。小学生の頃ですら、フォークダンスで男子の手に触れることが怖かったし、嫌だった。それから思春期に突入し、そこで身体が大きいということで不愉快な目にも遭い、彼女の男性不信は決定的なものとなったのだ。

この時代にはもう彼女は家から出て、独立して暮らしていた。郷里にいる母親とは電話ではよく話はしたけれど、そこへ戻ることはほとんどなかった。母親はある時点から、男と暮らし始めていた。安西みちるはこの男のことが、どのような観点から見ても、好きにはなれなかった。それは極度の男性不信である彼女の心理構造とはまったく別の次元で。母親の新しい男のことを、お父さん、と呼ぶことは考えられなかったし、会って同じ空間にいることも苦痛に感じられた。酒に酔い易く、酔うと彼女のことを「デカぶつ」と呼んだりもするような男だ。好きになれ、という方がどうかしている。

それでも妊娠の事実だけは伝えないわけにもいかない、と思って、重たい受話器を持ち上げた。母親は彼女の話を黙って聞いてくれていたけれど、最後になって口を開くと「それで、あなたは、その子を産むつもりでいるの?」と訊ねてきた。

安西みちるは電話では、その妊娠の不可解な経緯についてまでは説明することは出来なかった。母親は悪い人間ではないけれど、元来が即物的でこの手の話を理解する、あるいは理解しようと努めるだけの想像力を欠いていた。だから彼女はそれについては何も言わなかった。ただ、妊娠してしまった。父親の顔は判らない、と告げただけだった。そう言うと随分残酷な、それでいてありふれた不幸のようにも聞こえたけれど、実際にその場に立ってみると、そう言う以外には言葉が出て来なかった。

　母親に言われて初めて、安西みちるは堕胎するという可能性に思い当たった。それまではそんなことは不思議と考えもしなかった。彼女はしばしば言葉に詰まり、母親に対して言うべき言葉が見つけられないでいた。やがて受話器の向こうから溜息にも似た細いうめき声が聞こえ、「まあ、あなたの人生だから、好きにしなさいとしか言えないわね。私だってこの通り、褒められた人間ではありませんからね」と言う声が響いて来た。

「ありがとう」となぜだか彼女はそんな風に言っていた。彼女は心のどこかで、女手一つで自分を育て上げてくれた母親に対する敬意を抱けずにいたのだが、その苦しみからも一遍に解放されたような気がした。

　受話器を置くと、彼女の決意はすでに固まっていた。実はそうなる前からそれは固まっていたのかも知れないのだが、この時にははっきりと彼女はそれを意識することが出来るようになっていた。たとえ何があっても私はこの子を産み、立派に育て上げていくのだ、と彼女は考えた。それがどれほど不条理なことであれ、またそれによって自らがどれほど傷付くことになっても、それでも、と。

　彼女は仕事を辞めざるを得なかった。それで極貧のうちに一人の男の子を無事に産むことが出来た。市の補助を受けて、なんとか生計を立てることが出来た。この点では、安西みちるはツイていた、と言っても良い。彼女が暮らしていた埼玉県の自治体は子育てに手厚い制度を有していたのだし、特に母子家庭に対しては寛容な風土を持っていた。まるで彼女がそのために、そこに移り住んで、それまでは税金を納めていたみたいだった。彼女の息子はよく笑い、健康で、相貌も美しかった。息子の顔を見ていると彼女は幸せな気持ちになることが出来たし、多少の困難が訪れても、それらは独りでに、いつも自然に、気がつくと解決してしまうのである。どちらかと言えばそれまでは不幸の側を渡り歩いてきたような気がしていた彼女にとっては、これは意外なことであった。こんな風に光の当たる道がすぐ近くにあったのだわね、と息子を寝かしつけながら、彼女はよくそんな風に考えたものである。

息子が保育園に預けられる年齢にまで達すると、安西みちるはまたすぐに働くようになった。彼女はどこにいて何をしていても溌剌としていたので、周囲にもすぐに溶け込むことが出来た。学歴もない彼女が稼ぎ出すことの出来る額面は限られてはいたけれど、それで息子と二人生きて行くには十分だと思った。彼女もまた母子家庭で育ったので、贅沢とは無縁に生きてきたのだし、そんなものは望むことさえもとっくになくなってしまっていた。

妊娠が発覚してからは、男の肉体を求める強烈な衝動は音もなく彼女からは過ぎ去ってしまった。もう街中で男性の姿を追いかけることもなく、あの男を探して視線を彷徨わせるようなこともなかった。あれは何だったのだろう？　と暇なとき、彼女はよくそんな風に考えた。一過性の流行り病にかかったようなものだったのだろうか？　結果として彼女は妊娠し、小さな一つの命を授かることが出来たのだった。しかしこの子の父親は不在だし、将来息子が物心がついてくる前に何か適当な嘘を、それも信頼するに足るような虚構を拵えておかなければならない。それでなければ彼女は息子に対して、真実を話すより他にはなくなってしまうからだ。そのような重荷を背負うのは自分ひとりで十分だと彼女は考えていた。息子には一人の普通の人間として、堂々と世界の中心を歩き抜けていって欲しいものだ、と考えた。世間の親が誰しもそのように考えるのと同じように、彼女もまた考えたのである。

駅で彼女にぶつかった男のことも、安西みちるは徐々に思い出さなくなっていった。もう終わってしまったことだし、仮にまた巡り会えたにしても今更何かを求める気持ちも湧いてはこなかった。相変わらず記憶の中で、彼の顔には黒い靄が掛かり続けていた。その幻影を追いかけて執拗に靄を晴らそうと意識を集中するには、彼女の置かれた環境は賑やか過ぎた。息子はよく笑い、よく食べ、活発で常に動き回っていた。言葉を覚えるのも早く、生意気な口も利くようにもなった。しかし何故だか父親のことについては、殆ど何も訊いてはこなかった。息子なりに気を遣っているのかなとも思ったが、どうも見ていると、そうでもないように感じられた。息子は自分には父親はいないのだ、という事実を天から信じ込んで疑いもしていないように感じられた。彼女はそのように息子に教えたことはなかったし、なぜ息子がそれについて訊ねても来ないのか不思議に思っていたのだが、自分からは言い出せなかった。

そうこうするうちに息子は五歳になっていた。月日が経つのは早いものである。彼女はフルタイムで働いていたので息子と過ごす時間も限られたものになっていた。しかし彼の方では、それに不満がある様子もなかった。ときどき幼いのか、うんと老成しているのかが分からなくなるような子供だった。一人で窓辺に腰かけて絵本を読んでいるような際には息子はえらく集中しているので、声を掛けても聞こえない程なのである。自分のことを「母さん」と呼ぶのも不思議だった。他所の子たちはみんなまだ「ママ」と呼んでいるのに、彼だけはどこで覚えてきたのかは知らないが、最初から彼女のことを「母さん」とだけ呼んでいた。

「母さん、僕はセロリだけは、どうやっても食べることが出来ないんだ。前にもそう教えてあげたじゃないか？」と息子がある晩、食卓でそんな風に言ったことがあった。

「そうだっけ？」と彼女はとぼけて言った。

「そうだよ。確かにそう言ったよ」と傷付いたように彼は言った。

その様子が微笑ましく、可愛らしくも感じられたので、彼女は宥めるように言った。

「大人になったら食べられるようになるわよ。どれ、貸してごらん？　細かく切ってきて上げるから」

「無理だよ」と彼は言った。

「どうしてよ？」

そこで息子は椅子に腰かけたまま、こちらを試すようにじっと彼女の顔を見つめてきた。

そこまで深刻になっている様子の息子を見ることとは稀なことでもあったので、彼女も動きを止めて彼の様子を見下ろしていると、息子はポツリと漏らすようにこう言った。

「だって、それは父さんにだって食べられなかったんだもの」

その途端、彼女の思考はそこで一度完全に停止してしまった。この子は誰に教えられたわけでもなしに、自分の父親が誰であるのかを知っているのだと思った。私にさえ、それは判らないというのに。

「なんて言ったんだい？　いま」と彼女はやっと、そう言葉を継いでいた。

息子はそれきり押し黙り、セロリの乗ったサラダの小皿を押して寄越すようにした。

「わかったわよ。食べたくないのなら、食べなければ良いわ」と彼女は言った。でもそれはどこか抑揚を欠いた、生身の人間の声であるようには響かなかった。

息子は父親が誰なのかを知っているのではあるまいか、という彼女の疑念は容易には晴れなかった。その後は二人の間で父親のことが話題になることはなかったし、セロリが食卓に乗る機会も絶えていた。しかし息子が七歳になった時、彼女はある重大な変化に気がつかないわけにはいかなかった。ある朝小学校へ上がった息子が真新しい黒いランドセルを背負って玄関に立っているのを見かけた時に、安西みちるは強烈な衝撃を感じてその場に崩れ落ちそうになってしまったのである。そのとき息子の顔には、もう八年近く遠ざかっていたはずのあの男の面影が、はっきりとそれと判るように付き纏っていたからだ。一瞬、閃光のように、彼の顔が雲間から顔を覗かせたような気がした。それはまたすぐに、もとの漆黒の靄の向こう側へと後退してしまったわけだけれど、確かにほんの一瞬だけは、その顔が彼女の脳裏にもはっきりと忍び込んできた。やはりこの子は、あの人の子供なのだ、とその時に彼女は確信しないわけにはいかなかった。そして息子はそのことを私よりもよく知っているのだ、と。

息子は辛うじて立っているように見える母親を気遣って「大丈夫?」と声を掛けて来てくれた。彼女はそれにには返事をすることが出来なかった。

「行って来るよ」と息子は言った。

「……ええ、行っていらっしゃい。気をつけてね」と彼女は言った。

*

それから息子を見かけるたびに、その男の面影を見るということもまた増えていった。それらの印象は比較的長くそこに留まってくれている場合もあり、そのような折には彼女はあの朝に彼と衝突した瞬間のことを、彼の顔面付きで、心ゆくまで反芻するということも出来るようになった。それらの時間が過ぎ去ると、彼の顔はまた靄に隠れて思い出すことは不可能になった。しかし今では息子の顔の方にも彼を思わせる箇所が随所に見出せるようになっていたので、息子を見ているということは間接的に彼を観ているということに等しかった。

彼女は息子を愛していた。と当時に、彼の父親のこともまた愛していた。息子は父親の不在を苦にはしていないようだった。それはあくまで現実の内側においてそれが欠けているだけであり、彼の中には父親は存在しているのである。息子が「父さん」と口にしたのはセロリの一件以降は一度もなかったのだけれど、息子を見ていればそれは明らかであるようだった。彼は彼女が望んだ通りに、どこにいても何をしていても、他の子たちと変わらないか、それ以上に堂々としているように見えたし、一人でいても大勢でいても、いつも自分のペースを保っていることが出来るようなのだ。

欠損という形で父親はいつも、そこに存在し続けていた。それは君臨し、彼らを遠くから、有形無形の両面において、守護してくれていた。彼女にはそのことがよく分かった。分かった、という以外にはないのだが。

九歳になる頃には息子はより鮮明に父親の面影を宿すようになった。見た目の上では子供なのだが、彼がいると、家の中にもう一人、大人の男が歩き回っているような気がすることがあった。彼の父親が本来この家の中でやるべきことを時々この子が代替で行っているのではないのか、と感じることがあるのである。本人は意識してやっているのではないだろう。でも本来は子供がやらないようなことを、息子はたまにやってくれた。そして疲れると、いつもより余計に多く眠った。

「あんたは父さんに会いたくはないのかい？」あるとき、たまりかねて、彼女は息子に対して面と向かってそんな風に訊ねてしまったことがある。

息子は不思議そうな顔をして、彼女のことを見返してきた。それから言った。

「あるよ。でもそれは、もう少し後になってから起こるべきことなんだよ」

「あんたにはそういったことが分かるの？」と彼女は訊いた。

「うん。分かるよ。この人生で起こることはすべて、予め決められていることなんだよ。僕にはそういったことが良く分かるんだ。僕はもうじき父さんに会いに行くことになるし、そうなったら、言いにくいことだけれど、母さんとはお別れをしなければならないんだ」

「ここを出て行くのかい？」

「そうだよ」と息子は辛そうに言った。「ごめんね」

もちろんそんな風に言われて、安西みちるは辛かった。夜中に一人で風呂場で涙を流したこともある。でも息子にあそこまできっぱりとそう言い切られてしまうと、行かないで、とは言い出せなかった。そう言ったところで息子は出て行くだろうし、彼を困らせるだけである。自分の人生は何のためにあったのだろうか？　と考えないわけにはいかなかった。彼女はもうそれほど若くはなかったのだし、この先を一人きりで乗り越えていくのにはまだそれなりの距離は残されていた。私は一人の男の子を産んで、彼を育て上げてきた。でもそれだけが私の使命で、それが済んだらばもう自分には、他にはやるべき何事も残されてはいないのか？　では、私の人生とはそもそも何なのか？

どれだけ泣いても答えは出て来なかった。息子はどれだけ訊ねても、自分がいつここを出て行くのか、については固く口を閉ざしたままであったから、彼女の恐怖はそのことでも増大した。

「せめていつ行くのかを教えておくれよ。あんたとそれまでは悔いのないように過ごしたいからさ」と彼女は言った。

「それは教えることは出来ないんだ。それに僕にもまだはっきりとは判らない。何となく当たりがついている、というだけで」

「それはいつ頃このことなんだい？」

「言えないんだよ。それは」

一一歳になった時、息子は彼女の元からは離れて行った。父さんに会いに行ってくるからね、と言い残して。その頃にはもう彼女の頭の中にいる「父さん」の姿にも一切の靄がかかるということがなくなっていた。彼女はいつでもその肖像を脳裏にはっきりと思い浮かべることが出来たし、あの朝に起きたことの一部始終も細部までありありと思い出すことが出来るようになっていた。記憶というのは不思議なものだと思った。時を置いてからの方が却って、はっきりと思い出せることもあるのだ、と。

息子からは時々便りが届いた。短い簡潔な文章で、こちらを思いやる気持ちが綴られていた。父さんは僕のことをとても可愛がってくれています、と息子は書いていた。母さんのこともまた父さんはよく憶えてくれていましたよ、と。読みながら目の端に涙が滲んできた。自分が誇らしく感じられ、命が胸の奥で赤々と燃え滾っているのがよく分かった。どうしてこんな気持ちになるのだろうか、と思った。そこにあったのは寂寥ではなしに、平穏と充足であったのだ。

男と衝突してから一二年間が過ぎようとしていた。それは長いようで短い、それでいて永遠にも匹敵するような日々だった。

「そんな風にして私は、この十二年間を過ごして来たのよ」とこの時期、彼女は自らの境遇について知りたがる人々に語って聞かせている。「それが幸せなことであったのかどうかは聞く人々に委ねたいと思いますわ。でも私には不思議なくらい、後悔というものはありませんの。それは、もう本当に。どうしてかしらね？」

聴衆の中には途中で怒って退席する者たちもいた。でも彼らも含めて、彼女のこの疑問に答えることの出来る人間はいなかった。

＊

僕はこの話をある場所で聞いた。それはさる女性擁護団体がシングル・マーザーを対象にして開いた講習会での一幕で、安西みちるの他にも数名の女性が登壇して話をしたものと記憶している。会の主催者は僕の古くからの知り合いでもあったので、彼と話をして、後日改めてこの女性と個人的に会えるよう取り計らってもらった。彼女の話はそれほど強烈に僕の興味を惹きつけた。

我々は翌月の第一週に、都内にある大学のキャンパスの中庭で落ち合った。彼女はその大学にて非常勤講師の職にありついていたからだ。無学であるはずの彼女が、なぜ、そのような職責を果たし得ることが出来たのか、僕にはそれはわからない。そして、それはまた僕の興味の対象ではなかったので、訊ねたりもしなかった。

この時点で、安西みちるは既に四二歳になっていた。彼女が息子を産んだのは二五歳の時のことだから、ざっと計算してみても、その息子が彼女の元を去ってから六年近くが経過していたことになる。

僕が彼女に訊ねたいことは次の一点に尽きた。やって来た彼女に対して僕は言った。

「もう一度息子さんと、それから彼の父親だとあなたが信じ込んでいるその男性に会いたいとは思わないのですか?」

安西みちるは僕からのその問いかけに目を細めるようにして笑いながら応じてくれた。何度も何度も、同じことをくり返し、問いかけられてきたのだろう。

「もちろん、そう思いますわ。でも、この人生で起こることは全て、予め決められているものだから」と彼女は言った。

「その時が来るまでは、あるいは来なかったとしても、それで良いと?」

「そうですわ」

彼女の身体は確かに、日本人の平均的な女性と較べると大きいように感じられた。しかし劣等感を抱くのに十分なほど、それが大きいとは僕には思えなかった。

「それでは何と言うか、無抵抗過ぎやしませんかね?」と僕は言った。

「何に対して?」

「人生というものに対してです」

「そうかも知れません」と、やけにキッパリと彼女は言った。「でも私自身は、今ある私に心から満足しているんです。それは私が、ある意味では、命懸けで手に入れたものだからです。あの子と、そしてあの人が、そのことの礎になってくれました。私は少なくともそのように感じているのです。それ以上のものを求めるつもりは、私には全くないんです」

「つまり、今のままで十分だということですね?」と僕は訊いた。

「ええ、そうです。私は十分に、いま、幸せだと感じているんですから」

「息子さんと、その男性についてはどうですか?」と僕は訊いた。「彼らもまた幸せだ、とお考えですか?」

安西みちるは静かに笑い声を立てた。キャンパスの中には、そこにしかない平和な世間ずれした空気が満ちていた。

「さあ、そこまでは私にはわかりません。それは彼らの側の問題です。それに私は思うのですが、彼らはそこまで弱い人間ではありません」

「それが、彼らのことを実際に知っている、あなたの意見ということですね？」と僕は少々皮肉めいた物の言い方をしてしまっていた。

安西みちるは、そのことは特に気にもならないみたいだった。まるで、僕が今日この場所でする質問はすべて、予め、彼女のノートブックに記入されているみたいだった。

「正直に申し上げるしかないのですが、あなたのような方は時々、私の元へと訪ねていらっしゃいます。そして今、あなたが口にしたような疑問を問いかけて来られます。私は息子のことについてはある程度知っていると言えるかも知れません。何といっても、私は彼とは生活を共にした身ですからね。でも彼の父親のことについては十分に知っているとは言えません。ほとんど知らない、と言った方が正確かも知れない。でも私は息子を通して間接的に彼のことを知っているとは言えると思います。私に言えることはいつも、ここまでなんです」

申し訳なさそうに彼女は僕の瞳を覗き込んできた。安西みちるの瞳の奥には小さな恒星の光が宿されているように感じられた。赤い星だ。彼女はどこかで、それを手に入れたのだ。ある意味では、命懸けで。

「私の元へ訪ねていらっしゃる方々に共通していることが一つだけあります」と彼女は言っ

た。

「何ですか？」と僕は訊いた。

「それは彼らが、あなたも含めてということですが、実は私などには興味がないということなんです。酷い話です」

そこで彼女は一度、間を置いた。軽く肩を竦めながら。とてもチャーミングな仕草だった。

それから彼女はまた話しだした。

「彼らを惹き付けているのは、いつも私ではなくて、息子とその父親の方なんです。つまり男の側ですね。特にその父親の方。あなたもそうではないかしら？」

僕は黙って肯く以外にはなかった。安西みちるの言う通りだと思った。僕の興味の核心はその不在の父親にこそあったからだ。それが僕にここへまで足を運ばせ、彼女と対面して更なる新しい言葉を引き出している直接の理由だった。

「そういった方々に対して私には、して差し上げられることが一つだけあります」と彼女は言った。「実は私は、彼らが住んでいる場所を知っているのです。もう随分と以前から」

尚更、不思議な女性だと思った。では、なぜ彼女は彼らに会いに行かないでいられるのだろう？

「遠くの窓から彼らの様子を眺めていることはあります。これを打ち明けることは恥ずべきことですが」と安西みちるは言った。「そのための場所を私は確保しているのです。成長して行く息子の姿と老いていく独りの男の姿を、そこからは、観る、ということは可能です」

「それだけで満足なのですか？」

「ええ、それだけで満足です」と彼女は言った。「毎日ではありませんが時々は、彼らの様子を観に行くことがあります」

会談を終えると、僕はとっぷりと疲れ切っていた。安西みちるは僕に対して彼らの居所を教えてくれた。彼女がどこからその場所を監視しているのか、については教えてはくれなかった。僕が、彼らに会いに行き、今ここでしたのと同じように彼らにも話を訊いてみてもかまわないだろうかと訊ねると、安西みちるは顔に意外そうな表情を浮かべながら答えて言った。

「だってそのために、あなたは私を訪ねて来て下さったのでしょう？」

その通りだと思った。僕はそのことのために、ここに足を運んだのだ。彼らに繋がる手がかりを得るために。

「要するにあなたも、他の誰かさんも、私の話を額面通りには受け止めることが出来ないのよ。私の話を頭から信じてはいないのでしょう？」

そう言われると言葉に詰まった。安西みちるの態度にはこちらを責めるような強さは含まれてはいなかったけれど。

「そうですね」と僕は言った。「僕はあなたの話を聞いて、あなたが嘘をついているのだと思いました。これは後から誰かが、と言ってもそこにはあなたしかいないわけですが、誰かが巧妙に創り上げた虚構であると思わざるを得ませんでした。あなたはまず息子さんに対して信頼するに足るだけの虚構を拵えておく必要があった。そして彼を取り上げられてしまった現在では、自分自身を欺いておけるだけの虚構を今度は自らの内側に拵えなければならなかった。それはかなりタフな作業だったと思います。でも、あなたは、それをやった。そして、それを、今度は善意の第三者である聴衆に対して語って聞かせている。僕がここを訪れたのは、そのようなグロテスクな試みを一日でも早く終わらせてやりたいと思ったからかも知れません。そのためには何よりもこの僕が、真実を知るより他にはありませんから」

「会ってみればお分かりになりますわ」と呆れたように彼女は言った。

「そうさせて頂くと思います」と僕は言った。

＊

その家は山間の斜面に孤立していた。随分大きな邸宅で、別荘用に建てられたものが売りに出され、その後に移り住んだ彼らによって各所に手が加えられたということであった。家の主は小さな体躯の五十過ぎの男で、頭髪の左半分だけが白く染まり始めていた。卵形の綺麗な頭を持つ純粋な日本人で、極めて礼儀正しく、また常識的な男だった。

僕が挨拶を終えて名刺を渡し、ここへ辿り着くまでの簡単な経緯を説明している間も、彼は身動き一つしなかった。相手の言葉を注意深く咀嚼する癖が身に付いている人間のようだった。僕が話を終えたことを確かめると、彼はさもありなん、という風に肯いてみせた。

「時々あなたのような方が、ここへ訪ねていらっしゃいます」と彼は言った。安西みちるが僕に対して口にした台詞とまったく同じものを、僕はここでも聞かされることになったというわけだ。

「つまりあなたは、このような状況には慣れているということですか?」と僕は訊いた。

「そうですね」と苦笑しながら、彼は言った。「慣れているかも知れません」

「息子さんは?」と僕は訊いた。その家の中には思春期の青年が暮らしている痕跡らしきものは一見したところ見当たらなかったからだ。

「高校の寮に入っているんです。なにしろ辺鄙な土地ですからね。ここから通うという訳にはいきません。夏休みには帰って来ますが、今はこの家にはおりません」

「なるほど」と僕は言った。と同時にこの男もまた、安西みちるの創りあげた虚構の片棒を担ごうとしているのではないか、という疑念が頭をもたげてくるのがわかった。

「あなたのような方が考えておられることはよく分かります」と彼は言った。「でも、息子は実在しています。調べてもらえばそのことはすぐに判ると思います。私と、彼女との間に出来た子供です」

「失礼の段はお許し願いたいのですが」と僕は断った。

そこで男は一度、珈琲を淹れにキッチンへ退いた。やがて二つのカップを手にして現れ、それをテーブルの上にやけに几帳面に置いてくれた。

「どうぞ」

「ありがとうございます」

「山間に暮らしていると娯楽が乏しいことが難点の一つです。冬になると、この辺り一帯が雪によって閉ざされてしまいます。悲しい土地です。そうは思われませんか？」

そう思う、と僕は言った。

「だから、たとえどのような理由であれ、人が訪ねて来てくれるというのは有り難いことだと考えています。そう考えるようになるんです。あなたも、ここに暮らしてみれば分かります」

そうですね、と僕は言った。

「彼女が精神を病んでしまったのも、この家に関係があるのかも知れません」と彼は静かな口調でそのように切り出した。

「精神を病んでいる？」と僕は訊き返した。

「ええ、そうです。彼女は精神を病んでいます。それが彼女がここを離れた理由です。我々が、というのは私と息子のことですが、傍にいない方が良いのだと医者に言われているんです。それで我々は今、離れて別々に暮らしているんです」

「ということは、そうなる前には一緒に暮らしていたということですか？」と僕は驚きを隠さずに言った。

「もちろん、そうです。我々は家族でしたから」と男は言った。

「ええと、あの、彼女が東京で、どのような話を人々に対して語って聞かせているのかを、あなた方はご存知なのですか？」と僕は訊いた。

「ある程度までは、耳に入っては来ております」と彼は言った。

「ではなぜ、そのようなでたらめを、あなたはお許しになっておられるのでしょうか？」

「解せませんか？」

「解せませんね」

「ねえ、(そこで彼はテーブルの上に几帳面に置かれた名刺へ目を落とし、僕の名前を呼んだ)さん？　真実というのは誰の瞳を通してそれを観るのかによっても、微妙に変化してしまいます。少なくとも私はそのように考えています。彼女が彼女なりの見解を基にして、自らの身の上に起きたことをそのように捉えているのであれば、我々がそれを頭ごなしに否定することは出来ないのではないでしょうか？　そうする必要もまた、ない。その嘘は、彼女が自分を立て直すためには必要な虚構であるのかも知れない。そのために彼女は、その物語を共有してくれる第三者の存在を切実に欲しているのかも知れない」

「でも、そのことのためにあなたは、もう六年間も、このような寂れた土地で隠遁生活を余儀なくされている。彼女の嘘を守るためにです。それが不当だとはお感じにならないのですか？」と僕は訊いた。

「先ほども申し上げた通り、この家に引き篭もることを決めたのは、妻があのようになってしまう前のことなんです」と彼は答えて言った。「以前から、彼女の精神に不安定なところがあったのは事実です。だから思い切って都会を離れ、自然豊かなこの土地へ越して来たのですがね」

「それが裏目に出てしまった？」

「どうでしょうか？」と彼は首を傾げながら言った。「遅かれ早かれ、同じことが起きていたのではなかろうか、と今ではそんな風に思えます」

「人生で起こることは全て、予め決められている、と？」と僕は訊いた。

「その通りです。そう思います」と彼は肯いて言った。

「一つ、申し上げにくいことを伺っても良いでしょうか？」と僕は言った。

「どうぞ」と言って、彼は胸の前で両手を広げるようにした。身体のわりに大きな手だと思った。質実剛健を地でいくような男だ。何というか、身体全体から迫力が伝わってくるようだった。

「その、息子さんのことなんですが」と僕は言った。「彼が産まれてくることになった経緯について、より詳しく、あなたの側から伺いたいのです」

「つまり、そこにセックスはあったのか、ということですね？」と予めその問いを予測していたかのように、速やかに彼は言った。

「そうです」

そこで、長い沈黙があった。幸いまだ雪は降り出してはいなかったけれど、深々と降り積もる雪のような長い長い沈黙だった。ようやく男が口を開いて、何か重苦しい真実を伝える時のようにぼそぼそとくぐもった声で言った。

「その答えはイエスであり、ノーです」と彼は言った。

「と言うと？」と僕はすかさずそう言った。この男が再び雪の中に埋もれてしまう前に、と。

「我々は夫婦でしたから、もちろん、セックスはしていました。でも、その時期、というのは、息子が産まれて来るのに相応しい時期には、我々は一時、夫婦関係を解消していたんです」

「そのセックスには、心当たりはない、と？」

「いや、より正確に言えば、それはあるんです」と言いづらそうに彼は言葉を継いでくれた。

「実は彼女はその時期には、別の男と肉体関係にありましたから」

「要するに、不倫をしておられた、ということですね？」と僕は訊いた。

男は僕の瞳を見つめ、諦めたように笑いかけてきた。それから言った。

「彼女がその点をどのように解釈しているのか、までは私の耳には届いてはおりませんが、それは事実です。彼女には精神的に弱いところがあったので、その男に頼り切る必要があったのでしょう。奔放な女性だという意味ではありません。そういう女性ではなかった。けっして。でも、その時期にはたまたま、そういうことが重なってしまった。人生の中ほどでは突然嵐に巻き込まれてしまうことがあるんです。彼女の場合には、それが、その男だったということです。私はそのように解釈しています」

「話を元に戻すようで恐縮ですが」と僕は言った。僕は些か混乱し始めていた。「息子さんは、その男の子供だということですか？」

男がまた、むっつりと押し黙った。しかし今度の沈黙は、それほど長くは引き続かなかった。彼は言った。

「いえ、そうではありません」

「どういうことなのでしょう？」

「さあ、」と言って、彼は軽く肩を竦めた。安西みちるが見せてくれたのと同じ仕草だった。どちらかの癖が、どちらかに伝播したものだろう、と思った。「それが、この話の実に不思議なところです。私も、そして彼女自身も、始めはそう信じたことでしょうね。だから、彼女の方から言い出して、我々はその時期には夫婦関係を解消していたんです。そして、私は彼女のことを、都会の喧騒とその男から完全に切り離すために、この家を買って移住して来ました。それは先ほどお話した通りです。しかし……」

「産まれて来た子供は、紛れもなく、あなた方のお子さんであった、ということですか？」と僕は訊いた。

「そうです」と首を左右に力なく振りながら、彼は言った。「息子を一目見て、私にはそのことが分かりました。分かった、と言うしかありません。それは紛れもなく我々の子供だったんです。彼女もそう確信するに至りました。だから、我々は程なくして復縁することも出来ました。今は別々に別れて暮らしてはおりますが、それでも我々は夫婦です。そして、息子を含めて、三人の家族なんです」

そこにいて男の話を訊きながら、僕はどこかからそれを観ている第三の瞳の存在を感じ取らないわけにはいかなかった。遠くの窓から時々、彼らの様子を観ているのだ、と安西みちるは僕に対してそう言った。一見して窓の外には、この家を見張れるような建築は見当たらなかった。しかしそれでも尚、そこには、観られているということに対する確かな手応えのようなものが存在していた。

僕は言った。

「ここへ来れば、真実が明らかになるだろう、と踏んでいたのですがね。正直に申し上げて、ますます訳が分からなくなってしまいましたよ」

「珈琲を飲んで下さい」と男が言った。

僕はカップを持ち上げて、それに口をつけてみたのだが、その琥珀色をした液体はカップの中で冷たくなってしまっていた。

あらゆる意味で、そこを立ち去る頃合であるように感じられた。男もまたそのように感じ取っているのが手に取るように分かったので、僕は立ち上がり、話を聞かせてくれたことに対する礼を述べた。

「暗くなる前に、お帰りになられた方がよかろうと思います」と、その頭の半分を白く染めた男は言ってくれた。

家の玄関を抜けて外へ出てみると、空気は一段と冷たさを増していた。遠くの山脈を沈む太陽が緋色に染めていた。我々は表のポーチの上でその景色を眺め、最後に握手をして別れた。この男と巡り会うことは、この先の人生においてはもう二度とないだろう、という気がした。

「彼女の話は、ある面では、真実を伝えてくれてはいるのです」と最後に男は僕に言った。「でなければ、彼女の話が、そのほど人々の興味を惹き付けることはありません」

その通りだと思った。僕は彼女の話に強烈に惹き付けられてしまった人間の一人だった。その嘘に、欺きに対して憤りを感じたわけではなかった。その奥に潜む真実にこそ、僕は惹き付けられたのだ。

「彼女はあなたの方こそ、不倫をしていたのだ、と信じ込んでいるのかも知れませんよ」と僕は言った。それは僕にとってみれば、せめてもの抵抗のつもりだった。

男は言った。

「そうかも知れませんね。でも、我々はもう、どちらも、そんなことを法廷で言い争うのには歳を取り過ぎています」

「そうですか」と僕は言った。

「ええ。そうです。様々なことが起こり、些か、くたびれてしまいました」

男が家の中へ消えてしまうまで、僕はその背中を見送った。その家は夕闇の中にあっては孤城のように映えていた。僕は車のシートに身を持たせかけ、その様子をじっと見守った。キーを回してエンジンをかけるまでには、かなりの時間が必要だった。

＊

さて、この話には若干の後日談がある。僕としては安西みちると、その夫である男に面会が叶った時点で、この話はもう終わったものと考えていた。その真相について大袈裟に暴き立てることが野暮なことに思え、書くつもりも、そのための熱意のようなものも失って久しかったのだ。しかし最近になって、この二人の間に誕生した息子が成人を迎え、僕の元を訪ねて来るという出来事が起こった。人生にはこういうことがよくある。自分ではとっくに過去のものとして片付けていた箱の蓋が、ひょんなことから開いてしまう、というようなことが。

彼に実際に会ったのは、この時が初めてのことだった。この若者は僕の事務所の前に立ち、そこに設けられたガラス扉の向こうから中の様子を覗き込むようにしていたところを、アルバイトの女性によって発見された。彼は僕の名刺を持っていた。聞けば、父親から貰い受けたということらしい。田舎育ちの純朴な青年であるように僕の瞳には映っていた。彼は若者らしいラフな服装でもって、場違いな人間がよく顔に浮かべる困惑気味の表情を浮かべながら、事務所の内側へ入り込んできた。

「どうして、ここへ？」と僕は訊いた。

彼は応接用のソファーの上に借り物のマネキンのようにぎこちなく掛けていた。

「今、珈琲を淹れて上げよう。時間はあるんだよね？」

「はい」

二人でそこに腰かけて、少しの間、話をした。

「父の遺品を整理していたら、あなたの名刺が見つかったものですから」と彼は言った。

「なるほど。お父さんは亡くなられたんですね」と僕は言った。

「もう半年近くも前のことになりますが」と彼は言った。

「どうして？」と僕は訊いた。男の頑強な肉体が頭の片隅を過ぎっていた。

「事故です。車を運転している途中に落石事故に遭ったんです」

「そうですか。お気の毒に」

「父のことを知っている人間に片っ端から話を聞いて回っているんです」と彼は恥ずかしそうに俯きながら言った。「何と言うか、僕らは家族でしたけれど、離れている期間が長かったせいで、殆ど父のことを知らないままに過ごして来てしまったものですから」

「きみは、父親のプリズムを集めて回っているんだね」と僕は言った。

「そういう言い方も出来るかも知れません。些か遅きに失した感はありますが……」

「しかし残念ながら、僕ではそれほど力になれそうにない」と僕は言った。「僕が君の父親と会うことが出来たのは一度きりのことでしかないし、時間もごく限られたものであったからね」

そこで僕は、あの家で起きた一部始終について、彼の息子に語ってきかせてやった。「そのとき君は高校の寮にいたから、我々は会えなかったんだ」

「そうでしたか……」

「僕が彼について憶えていることは少ししかない。ただ複雑な状況を、タフに生き抜いている男だな、と思ったことを憶えている」

「そういう人でした」

「君は今、独りで暮らしているのかい?」と僕は訊いた。

「そうです。高校を卒業してすぐに東京へ出て来ました。今は大学に通って、物理学を専攻しています」

「なるほど」

「母のことですが、元々あなたは母の話を聞いて、僕らのことに興味を持たれたのでしたよね？」

「そうだよ。あの時期には、けっこう熱心に、君の母親の話を追いかけて回っていたような気がする」と僕は言った。

「実は彼女は今、それほど状態が良くはないんです」と悲しそうに彼は言った。

「と言うと？」

「父が亡くなったことが、かなりショックだったみたいです。とても落ち込んでいて、精神的に酷く取り乱すような時もあります。これは聞いた話でしかないですが」

「専門の施設に入っているということだね？」と僕は訊いた。

「そうです。そうする以外には選択肢がありませんでした。辛いことですが」

「時々は、お見舞いに行くのかい？」

「ええ、そのことのために上京して来たんです。頻繁に彼女を見舞います」

「家は？」

「あの家ですか？　まだ、あそこにありますよ。でも、近々手放すことになると思います。

住む人間もありませんし、空けておいても何かと手が掛かりますからね」

　最後に男と握手を交わしたポーチの情景が時を越えて甦って来るようだった。あの静けさが、今ふたたび、僕の下を訪れている。

「君は今でもまだ、セロリが食べられないのかい？」と僕は訊いた。そんなことを訊くつもりはなかったのだが、その言葉は実に自然に口から零れ落ちてきた。

「どうでしょう？」と虚を突かれたかのように青年は絶句してしまった。

「すまない。答えたくないのなら、無理に答えなくたって良いよ」

「試したこともないですね。今度、齧ってみましょう」と彼は笑いながらそう言ってくれた。

　青年を見送った後で、つくづく不思議な家族だな、と思ったことを憶えている。彼の顔には安西みちると、彼女の夫である男の面影が、はっきりと浮かび上がっていた。父親からは剛健さを、母親からは繊細さを、平等に受け継いだように見えるその息子が、この先どのような人生を生きることになるのか、僕にはそれは分からなかった。分かっているのは彼が紛れもなく彼ら二人の息子であるということと、そこには現実的な意味合いにおけるセックスの介在する余地はなかったということのみである。

「何も心配は要らない」と最後に彼を見送りながら、僕はそう声をかけないわけにはいかなかった。「君もまた、愛されて生まれてきたんだよ」

*

安西みちるはもう僕のことを憶えていなかった。彼女の精神は骨の内側へと後退し、その瞳は良く磨かれたガラス窓のように表の光を反射しているに過ぎなかった。その暗い病室の寝台の上に横たえられていたのは彼女の肉体に過ぎず、それはかつては彼女であった何物か、に過ぎなかった。その抜け殻のような肉体を前にして僕に言えることは何もなかった。彼女はとうとう自分を立て直すことが出来なかったのだろうか？　この精神的に不安定なところのある一人の女性には人生は重た過ぎたのだろうか？　どれだけ考えてみても、答えの出る見込みのない問いかけには違いなかった。しかしそこにいる間じゅう、そのような思いが僕の頭に付き纏い、それを払い除けることはどうしても出来なかった。

安西みちるを見舞ってから十日後の午後には、僕はサンパウロの街頭で、きついブラックコーヒーを飲んでいた。私用でそこを訪れたのだが、この旅行は傷付いた僕の精神を思いがけず慰めてくれた。そこにいて、方々へと散って行く、健康さに満ち溢れた人々の活力に触れていると、日本で経験したことは早回しで過去へと吸収されて行くように感じられた。誰しも人生を無傷で渡り切っていけるわけはない。大切なことは、どこで折り合いをつけることが出来るかだ。

安西みちるはその折り合いを欠いてしまっていた。あるいはその折り目を付ける位置を見誤ってしまったのだ、と思った。宿に戻って、シャワーを浴び、着替えてビールを飲みに行こうと思った。たくさんの人々が、こうしている今にも、様々な場所で人生を謳歌している。この惑星はそのような人々の思いを乗せて無邪気に回り続けているのだ。

サンパウロの街角には、一見すると日本人のようにしか見えない、黒髪の美しい娘たちが溢れ返っていた。彼女たちはショート・パンツから小麦色によく日焼けした脚を惜しみなく放り出していた。お仕着せを着せられたブラジル人の太った中年の女が、空になったカップに新しい珈琲を注ぎ足してくれた。黒い珈琲だった。娘たちの瞳のように混じり気がなかった。

「あの、日本人のように見える娘たちは日本語を話せるのかな?」と僕は去って行く彼女をわざわざ呼び止めて訊ねてみた。

「さあ、試してみたら?」とフフスコを持ったその女が振り向いて笑いながら言った。

リバーサイド・メモリーズ

彼女はホテルのロビーから電話をかけた。電話をかけるのはもう何度目かのことで、相手はその度に話し中だった。この時にも結局、彼女は受話器を置かなければならなかった。ロビーの中央に置かれた安物のソファの上に戻り、微かなため息を吐いて、ガラス越しに外の景色を眺めた。今夜も帰れそうにないの、と彼女は先ほど別の電話で、別の誰かに話しかけていた。悪いけど、そういうことなのよ。来週か、再来週、あるいは月末のどこかでは帰れるとは思うから、と。彼女はソファの上で長い脚を組み替え、ハンドバッグからタバコを取り出して薄い紫の唇に一本を咥えると、安物ライターで先っぽに火を点けた。

僕はその様子を逐一、見守っていた。見られていることを彼女には気取られぬように。新聞を顔の前に翳しながら、ちらちらと、そちらへ目をやっていた。彼女と直接目が合ったりはしなかった。彼女は何かに苛立っているようで、動きに余裕がなく、周囲の誰にも無関心だった。だから彼女を見張るのは楽だった。この世界には自分独りだけしか存在してはいないのだ、と思い込んでいる人間を見ていることに、少しばかり良心は咎めたが。

やがて彼女はそこから出て行ってしまった。彼女がホテルのロビーにいたのは、きっちり一時間だった。その間に何本もの電話をかけ、そのうちの一本しか相手には通じなかった。それも意中の相手ではないらしい。彼女はほとんど手ぶらで、そこからは放り出されたのだ。彼女の姿が完全に消えたのを見届けてから、僕はゆっくりと立ち上がった。新聞を小脇に挟んでダイヤルを回し、相手が出てくれるのを辛抱強く待った。繋がることが保障されている電話だった。愉快な相手ではないけれど、まあ、話をすることは出来る。向こうから声が返ってきた。

「もしもし?」

僕は自分の名を名乗った。

「それで?」と相手は言った。

「今、ホテルを出ました」と僕は言った。

「どこへ行った?」

「分かりません」

「そこへ戻って来そうか?」

「いや。多分もうここへは戻って来ませんよ」

「なぜ、そう思う？」

「フロントの人間に顔を憶えられている。ここに泊まるだけの、持ち合わせもなさそうですし」

「分かった」と相手の声がした。

「どうします？」

「続けてくれ」

電話が切れた。コインは戻って来なかった。僕は受話器を置いた。それから、そこを出て行った。

通りを二ブロック歩いて、目についた最初の喫茶店へ入った。彼女はそこにはいなかった。まあ、いい。しばらくは泳がせてやろう。珈琲を頼んで窓際のテーブル席に腰を下ろし、そこから通りの様子へ目を凝らした。角の電柱の下に一匹の野良犬が蹲っていた。吠えもしなければ身じろぎもしなかった。腹ばいになって、むなしそうに地面を見つめているだけだった。犬でも寒さに参ることがあるのだろうか？　とそれを見ながら考えた。通りには冷たい風が吹き抜けていた。町の北側に川が流れているせいで、どこにいても水脈のそばにいるような気分にさせられた。ガラス一枚隔てただけで、水の音から遠ざかることが出来るのは有り難いことだった。珈琲を飲んで身体を温めたかった。西側の空に小さな星が一つだけ瞬いていた。他には光るものはなかった。何も。

「はい」と言って、脚の太い中年のウエイトレスがトレイに乗せたカップをテーブルの上に置いた。カチャリと音が鳴り、その拍子に珈琲がソーサーの上に飛び散った。彼女はそんなことは気にも留めていない様子だった。

「何?」僕が見上げると、挑みかかるように言った。まだ、何か?

僕は彼女を見ることを止めてしまった。女を見ることに飽きていた。彼女は太い脚を揺らしながら厨房へ引っ込んだ。小さな笑い声がした。何か、面白いことがあったろうか?

出された珈琲は温くて酷い味がした。ニカラグアの搾り滓のように薄く溶かれていた。テーブルの上には砂糖も、脱脂粉乳もなかった。あるのはタバスコとケチャップだけ。それだって出てくるか怪しいものだった。僕は諦めてタバコに火を点けることにした。これだけはどこで飲んでも同じ味がした。小さくて貧しい町で吸っても、都会の真ん中で吐いても、変わらない味がする。もう少し日が暮れたらバーでビールを飲もうと思った。あの女もそこに来るかも知れない。あの手の女が行き着く先は知れている。ホテルか、バーか、喫茶店。映画館。あとは駅か? そして彼女が行き着く先には自分もまたいるのである。人を見張るというのは因果な商売だなと思った。ただ見て、それを報告する。依頼人の納得する情報が手に入れられるまで、それが延々と続くのだ。さっさとこの町から出て行ってくれないかなと思った。ここよりもマシな場所は、他にいくらでもあるだろうに。

七時にバーへ行った。地元の労働者たちがビールを飲みながら、テレビで野球を眺めていた。見たところ、女の姿はなかった。僕はカウンターに近づいてビールを頼んだ。バーテンダーはプエルトリコ人だった。金を差し出すと、ウィンクして釣り銭を返してきた。そういうのがクールだと思っているのだ。僕は一口飲んで、あとはテレビを観ることにした。

「あんた?」と誰かが言った。振り向くとそこに、図体のデカい赤ら顔をした古い男が立っていた。「悪いが、そこはおれ様の場所と決まっているんだ」

「いつから?」と僕はまたテレビに視線を戻して言った。

「この町が出来た時からさ」

「そんなに昔からあったのか、ここ?」

「わかっていないようだな?」

「なにが?」

「調子に乗るなよ?」

「乗ったことないね。そんな気の利いた乗り物には」と僕は言った。うんざりしてきた。どこの町にでもこういうのがいる。もうどこにも行けなくて、他所から来た人間にちょっかいを出したがる。

「いつまで、いるんだ?」と男が言った。

「ここに?」と僕は答えた。「それともこの町に?」

「どっちも、さ」

「分からんよ。そんなこと。女に訊いてみてくれ？」

「女って誰だ？」

「女は女さ。男じゃない」

「都会の人間のようだな」と男が言った。

「だとしたら、どうなる？」

「いきがってやがる」と男が凄みを効かせたつもりで言った。

「かもな。おたくがそう思うのなら、そうなんだろうよ」と僕は言った。

「頼むから、そこを退いてくれよ？」と、男が今度は懇願するように言った。

「何で？」

「そこで観ると勝つからさ」

「何が？」

「おれたちのチームが、さ」

僕は壜を手にして後ろに一歩後ずさった。男の大きな身体がめり込むようにそこを埋めた。背中の汚れたシャツが見えた。男はもう僕のことなど眼中になかった。その目はテレビ画面に固定されていた。僕はそこを離れ、壁際に並んだスツールの上に腰を落とした。

九時にバーを出てホテルへと戻った。ロビーは閑散としていて人影は見えなかった。フロントにいたのは背の高い痩せた若者一人だけだった。制服を着てはいるが、アルバイトであることは一目見れば判る。

　僕は足早にそこを歩き抜けていき、そいつの目の前まで行って、やっと声をかけた。

「女が来なかったか？」

「はい？」と言って、若い男は怯えたような顔つきになった。

「女だ」と僕は言った。「プラチナブロンドの女で瞳は灰色がかったグリーンの女だよ。三十過ぎのあばずれで黒いストッキングを履いている。靴の色は白でコートはすみれ色。落ち着きがなくて、タバコを吸って、五分おきに電話をかけまくる。そんな女が来なかったか？と訊いているんだ」

　若い男は呆然としたように僕の顔を見返していた。その瞳には知性のかけらさえも感じられなかった。突然異世界の言語を聴かされて混乱のために顔色を失っている。

「どうなんだ？」

「見ていません」

「本当か？」

「ええ。今夜は、まだ」

「別の夜には見たのか？」

「さあ」

「さあ？」

「色々な人が来るから」と言って、若い男はしどろもどろになった。

「次からは、もっと、よく、見ろ」と僕は相手の瞳に言葉を突き刺すように言った。「来たら、必ずそう言うんだ。わかったな？」

十時に駅に着いた。駅舎は町の南端に在って、目の前にバスの停車場がある以外には何もなかった。最終列車は既に出ていた。悲しい町だ。夜の十時にはもう他所の土地から閉ざされてしまう。駅舎の灯りは点いていた。しかし、庇の下に人影は見えなかった。バスもいなかった。川からはもっとも離れているはずなのに、却ってよく水の音が聴こえた。

翌朝七時にホテルのロビーへ行った。彼女は八時にやって来て電話をかけた。相手は出なかった。しばらく粘ってから受話器を置いた。後は九時まで同じことがくり返された。電話機とタバコの往復だ。僕はその様子を見ていた。前日と同じように。彼女は今朝もこちらの存在には気がつかなかった。それどころではない。自分が置かれている状況が絶望的であることにも気がついていないのだから。出て行く時にフロントの若い女に、自分宛に電話が来るかも知れない、と告げていた。そうしたら、ここに回して、と言って、紙に何かを書き付けていた。彼女が通りを渡り切るまで待ってから、ゆっくりと動きだした。フロントに行くと、先ほど彼女からメモを受け取った若い女が僕のことを待ち構えていた。

「お早う」と僕は言った。

「お早うございます」と若い女が微笑んで言った。「昨日も、いらっしゃいましたよね？」

「どうだったかな？」と僕は言った。

「なにか、私たちにお手伝いできることがありますか？」

「そのメモを見せてくれ」と僕は女の手もとを見下ろしながら言った。

「それは出来ないんです」と気の毒そうに若い女が言った。

「なぜ？」

「規則だからです」

「隙間があるだろう？」

「と、言いますと？」

「規則というのはそういうものさ。破る必要はないが、守る必要もまた、ない」

「でも、規則は規則なんです」と若い女は困惑して言った。

「そうだね」と僕は言った。「しかし世の中には、力ずくでも、という言葉がある。規則の前に立っていると、運悪く跳ね飛ばされてしまうことがあるんだ。早くそこを退いた方が良いよ」

　それからフロントを離れて、電話機のある方へ向かった。すぐに相手が出た。

「どうだ？」と声が言った。

「快調です」と僕は答えた。

「何か、わかったか？」

「居所がわかりました」

「どこだ？」

僕は手帳に書き留めた番地を淡々と読み上げた。町の東側だ。でも、相手にはほとんど意味のない情報だった。

「誰と一緒だ？」

「まだ、わかりません。独りでいるかも知れない」

「続けてくれ」という声がした。「相手が誰だか判ったら、すぐに報告してくれ」

「わかりました」

ホテルを出て町の東側へ向かった。お目当ての建物は図書館の脇に在った。褐色砂岩の三階建てのアパートメントで、造りは古いが入口の扉は頑丈に出来ていた。通りの向かいに一本の狭い路地があった。そこで風を凌ぎながら一時間待ったが、彼女は出ては来なかったし、帰っても来なかった。水の音が聴こえた。どこにいても聴こえてくる。どうしてこんなにも近くにあるように感じるのかと不思議だった。川は見えなかった。でも、それはこうしている今にも、上流から下流へと向かって流れ続けてはいるのだ。

身体が冷えたので路地を抜け出して、石段を昇っていき、図書館の中へ滑り込んだ。入口の脇に守衛が一人立っていた。くたびれた小さな男で何も見ていなかった。僕がそこを通り抜けようが、そんなことは彼には関係がないのだ。図書館の中はしんとしていた。埃塗れの黴の巣窟だ。昔からあるらしく、一階にはこの町の歴史を案内するための模型が飾られていた。一九五〇年、六〇年、七〇年……といった具合に、律儀に十年分歳を重ねた町の模型が別々の台座に置かれて陳列されている。一体誰がこんな物の前で足を留めるというのか？そこで見る限り、町は少しずつ外側へ向かって拡張を続けていた。蜘蛛の巣形の模型がその分大きくなっている。しかし町の北側に一本の川が流れていて、それが北西に去り、南側に駅舎があって、そこから鉄道の線路が東西へ伸びていく構図だけは変わり映えがなかった。もう随分と、この町のことを知り得たような気分になった。

そこを抜けて二階へと上がると、本棚がどこまでも建ち並んでいるのが見えた。それ自体が巨大な建築のように、どこまでもどこまでも連なっていく。マンハッタンのビル群の縮小版のようだ。それぞれの本棚の中を人類の英知が埋め尽くし、そこを訪れて、どれかを抜き去っていく者が現れる時を待っている。あいにく、本には用はなかった。ここを訪れているのはわずかな休息を得るためでしかない。出来れば珈琲が飲みたかったが、屋内での飲食を禁じる旨の貼り紙が至る所で目に付いた。温めた葡萄酒が飲みたかった。それが無理ならオリーブオイルを飲むのでも構わない。

本棚の合間を脈絡もなく歩いていった。Aの棚から、Zの棚へ向かって。路地の隙間にいるのとそう変わらない。風がないだけで、心が冷えるということで言えば、こちらに軍配が上がるかも知れない。どこかで誰かが自分と同じように歩いている。かさかさ、という衣擦れの音が聴こえる。鼠のように、この迷路に迷い込んでしまった者同士だ。平日の午後にこんな場所にいるからには、外の世界には、用がないか、必要とされてもいないのだろう。

本棚と本棚の合間に小さな椅子とテーブルが置かれている一角があった。ここだけは照明も行き届き、真下まで来ると、眩しいと感じられるほどだった。そこには数名の先客がいて、例外なく本を開いていた。年寄り連中の中に一人だけ、若い赤毛の娘が混じり込んでいた。娘もまた本を読んでいた。背筋がぴんと伸びていた。繊細な指でページを捲っていた。大切な贈り物を受け取って、その包装紙をいつまでも取っておくために、貼られたテープを剥がしていく時の動作に似ていた。

僕はしばらく足を留めて、娘の様子を見下ろしていた。ポケットに両手を突っ込んだ格好で。でも誰も、僕の方へなんて振り向きもしなかった。彼らは本の世界にいるのだ。たった今ここにいるのは自分だけなのだと思った。本棚の列はまだ続いていた。まだEが終わったところだ。その先に行く意欲は失せていた。どうしてこんなにもたくさんの本が存在しているのだろう。娘が一度だけ、本から顔を上げてこちらを見た。まだあどけない一八、九の娘だった。鼻の両脇にそばかすが浮かんでいた。瞳はガーネット色で光を浴びるとルビーのようによく光った。彼女はふたたび本の世界へと帰還してしまった。まるで僕なんて、見なかったみたいに。ひょっとしたら、僕は本当に見えていないのかもしれないと思った。透明人間か幽霊のように、ここにいる人たちにとっては僕は存在していないのかも？　壁の上には所狭しと肖像画が飾られていた。この町の偉大なる先人たちの肖像だ。初めて炭鉱を開いた男たちや鉄道を引いた男たちの肖像。どの顔も、悪魔のように固く締まっている。冥界からの使徒のように生のその先にある世界について執拗に訴えかけてくる。死んだら同じことなのだと。その偉業も、悪業も、棺桶の中では同じ一つの物に溶け合って時間の底へと吐き出されてしまう。そうして壁の額縁の奥から、現世を眺めているより仕方がなくなる。その中の一人の顔に見覚えがあるような気がした。どこかで、自分はこの男を見たことがある。それはまだ比較的新しい肖像画で、没年は十年遡るだけで良かった。スーパーマーケットのチェーン・ビジネスを成功させた男だ。この男の始めた第一号店が、この町にあったおかげで、町名が全国に知れた。でも、それだけ。スーパーは他にもあるし、なければないで誰かが始める商売でしかない。馬鹿で幼稚で、薄っぺらな子供が、そのまま歳を重ねるとこうなる。死ぬ瞬間まで生きていて、その時が訪れてようやく、自分もまた死ぬのだということに気がつく。もう手遅れだ。死神は彼の目の前に立っていて、その魂を肉体から譲り受け、それが本来あるはずの場所へと運び去ってしまう。牧師がやって来て、遺された家族と共に彼の功績とやらを讃え、辺りには女たちの泣くさめざめとした声が染みていく。それが今から、ほんの、十年前のことなのだ。

外へ出ると、太陽はまだ中天にあった。先ほどまでそこにいたはずの守衛が、今では下の石段に腰かけてタバコに火を点けていた。僕がそこまで降りていっても視線さえも寄越さなかった。彼にとっての人生はとっくに過ぎ去ってしまい、あとは迎えの車がやって来るのを待っている。そんな感じだった。

戻る途中で、立ち寄った映画館で、古い映画を二本続けて観た。観客席には暇そうな地元の女たちがいた。メロドラマが一本とミュージカル映画の抱き合わせだった。ミュージカルの方が良く出来ていた。モノクロームのフィルム映像の上で三人の男女が音楽に合わせて踊り歌う。オープンカーに乗って、海辺まで行く。そこで行われていた即席のショーに飛び入りで参加してしまう、という筋だった。売店で新聞を買って、立ったままでそれを読んだ。特に気になる記事は出てはいなかった。日付を確かめて、芸術関連の記事に目を通していると、売り子が近づいて来て、何か飲まないか？　と言った。

「いらない」と僕は言った。

「珈琲もあるけど？」と彼女は言った。

「あとで、喫茶店で飲むよ」

「そうですか」

「ああ」

映画館を出て、西側へ引き返し、昨日行ったのとは別の喫茶店へ入った。時間は午後二時だった。昨日よりはマシな味の珈琲が出て来た。窓際のテーブルに着いて、カップに口をつけながら、タバコに火を点けた。彼女はどこへ行ってしまったのだろう、と考えた。アパートメントの住所は見せかけだろうか？　見られていることに気がついて、あえてデタラメな番地をメモに残した可能性はある。だとすると、今後は少し注意深くならなくてはと思った。

店を出て、通りを歩いていると、向こうから見覚えのある女がこちらへ向かって歩いてきた。彼女だった。僕が追いかけているはずの女だ。女はすみれ色のコートを羽織っていて、黒いストッキングを履いた長い脚を見せつけるように歩いてきた。靴の色は白だ。白いスウェードのハイヒール。プラチナブロンドの肩まで伸びた髪が光を浴びて輝いていた。女の視線は自分の行方に固定されたまま微動だにしなかった。

いよいよ彼女が僕の脇を通り過ぎようか、という刹那に渇いた声が聴こえてきた。「何か、見つかった？」

僕はその場で足を留めて、背後へと振り向いた。彼女もそこで足を留めて、僕の方を見ていた。灰色がかった緑色の瞳と正面から鉢合わせてしまった。瞳が壊れてしまうかと思うほどの強いまなざしが降り注がれていた。彼女の赤い唇がゆっくりと左右に広がるのが見えた。笑っているのか、泣いているのか、判らないような表情で、僕の顔をじっと見ている。

「私が、あんたを、見てんのよ」と彼女が言った。

「どういうことでしょうかね？」と僕は聞き返した。

「この町で何かを見つけたかったら、少しは大人になることね」と彼女は言った。「過去ばかり見ていないで、今の自分に少しは自信を持ちなさいよ？」

僕は軽く肩を竦めた。何を言われているのか判らない、と示すために。

「過去を美化しすぎるのは歳を重ねた人間の悪い癖じゃないかしら？　自分もかつては水っぽいだけの果物みたいな人間だった、とお認めなさいな？」

「失礼ですが、誰か、とお間違えでは？」と僕は言った。

「それは、あんたが一番良くわかっているはずよ、この阿呆」と女が言って、踵を返すと、向かっていた方へ歩きだした。

僕は去っていくその後ろ姿を見送った。彼女はもう二度と振り返らずに、町の西側へ消えていった。さて、と思った。作戦を練り直そう。

五時にホテルへ行くと昨夜の若い男がフロントで顔色を変えた。僕は彼を目がけて、真っ直ぐに歩きだした。

「来たか？」

「つい、さっきまでは。もう、出て行かれました」と彼は言った。

「誰かと一緒だったかい？」

「いえ、お一人でした」

「電話をかけていた？」

「何回か」

「話をしていた？」

「そこまでは」

僕はため息を吐いた。が、それ以上何も言わなかった。若い男はお咎めがなかったことに胸を撫で下ろしていた。フロントを離れ、電話機のある方へ向かった。コインを入れて、返事を待った。

声がした。

「もしもし？」

僕は名前を告げた。

「どうした？」と相手が言った。

「尾行に気づかれました」と僕は言った。

「それで？」

「何か、おかしい」

「どういうことだ？」

「こっちの情報が、どこからか、漏れていやしませんかね？」

「私を疑っているのか？」

「誰かに話しませんでしたか？」

「話していない」

「会社でも？」

「ああ」

「今朝までは、まるで、こっちのことになんか、構ってもくれなかったんですがね」と僕は言った。

「だとしたら、どうなるんだ？」と相手の男が言った。

「どうにもなりやしませんよ。これまで通り続けるだけです。ただし、もう少し時間がかかるかもしれない。決定的な証拠を手に入れるまでには、ね」

「わかった。何か手に入れたら、こっちへ送ってくれ」

電話が切れた。僕は受話器を置き直した。それからロビーを歩いて横切ると、表に出ていった。

なぜ、見張っていることが彼女にバレたのかを通りを歩いて行きながら考えていた。そうなる前と後とで変わったことがあるとすれば何か、を。図書館にいたあの赤毛の娘だ、と思った。あの娘が彼女に僕が追いかけて来ていることを知らせたのだ。となると、あの娘が彼女の電話線上の恋人だった、ということだろうか？　その可能性はある。相手は何も男と決まっているわけじゃない。図書館まで引き返そうか、とも思ったが、閉館時刻を過ぎていた。明日の朝まで待たなければならない。空の端に、三日月がぶら下がっていた。子供が可愛いと思えるほんの束の間の出来事のような、赤銅色をした美しい月だった。

少し気分を変えようと、繁華街のビストロに入った。肉料理を平らげながらボルドー・ワインを飲んだ。同じフロアの角のテーブル席に女の二人連れが腰かけて、食事をしていた。一人は彼女で、もう一人は昼間図書館で見かけた赤毛の歳若い娘だった。僕が手を止めて、相手のテーブルを見ていると、向こうも見られていることに気がついた。彼女は僕に背を向けた格好でかけていたが、一度振り向いて、にんまりと笑いかけて来た。あら、あんたも、ここに来たのね？　というような感じで。背骨が凍りつきそうになった。急にワインの味がしなくなって、屍肉を突っついているようなやるせない気分になってきた。二人の女たちは灯りの下で楽しそうに何かを語り合っていた。愛の言葉を囁き合っているようにも見えた。どうして、こんな店を選んでしまったのだろうか？　なぜ、彼女たちは僕がここにいることを知っているのか？

立ち上がり、角のテーブルまで歩いていった。彼女のすぐ後ろに立って、真っ直ぐに見下ろした。赤毛の娘がそれを彼女に目だけで伝えた。すぐ、後ろに、いるわよ、と。

「どうして、ここにいるのかしら？」と、彼女が振り向きもせずに言った。

「腹は減るんです。こんな僕のような者でもね」と僕は冷ややかに言った。

赤毛の娘は何も言わずに皿の上の魚料理を食べていた。食卓には冷えたキャンティのボトルがあって、垂れた滴がクロスを塗らしていた。

「なら、偶然ね？」と彼女が言った。

「偶然じゃない」と僕は言った。

「まだ、私のことを追いかけているの？」と彼女が振り返って僕を見上げながら言った。

「あなたが、僕を、追いかけているんだ」と僕は言った。

彼女はうっとりと嬉しそうに微笑んだ。それから言った。

「わかってりゃいいのよ」

赤毛の娘が吹きだした。軽く咽て、水に手を伸ばした。

「大丈夫？」と言って、彼女が振り返り、娘の方を気遣った。

「平気」と娘が答えた。それから言った。「この人、誰なの？」

「夫が雇った探偵さんよ」と彼女は答えた。それから僕の方へ振り向いた。「でしょ？」

僕は何も答えなかった。

彼女が言葉を続けた。

「それで決定的な証拠は何か押さえられたかしら？」

「まだです」と僕は正直に、そう答えた。

「残念ね。いつまで、こんなことを続けるつもり？」

「仕事ですから」と僕は言った。

「でも今は休憩時間でしょ？」

「残念ながらね」

「ねえ、あの人、いくら払ったの？」と彼女が言って、言いながら、タバコに火を点けた。紫煙が舞って、薄暗いフロアの天井に吸い込まれるように消えてしまった。「その倍を支払うから、手を引いてくれないかしら？」

「そうはいきません」と僕は言った。

「どうして？」

「組織の人間ですので」

「一度でも裏切ったら、その評判は取り消せない？」

「まあ、そういうことです」と僕は答えた。

「面倒ね」と彼女が気だるそうに煙を吐きながら言った。

「これよりも面倒なことはいくらでもある」

「たとえば？」

「たとえば、あなたとそちらのお嬢さんが、世間で言うところの堕落した関係にあるのであれば、あなたの旦那の面倒は今よりも随分減るでしょうね」と僕は言った。娘の食事の手が止まった。その指は微かに震えているように見えた。

「陪審員たちが、皆、彼の側に附くから？」

「そこまで持ち込めたらね」と僕は言った。

「ねえ、」と娘が口を出しかけたが、彼女がそれを遮った。「あなたは、何も言わないで」

娘はまた黙り込んでしまった。顔は伏せたまま、こっちは見なかった。

彼女が言った。

「この町の図書館には千の瞳があるわ。今ではもう町中が、あなたの顔を知っている。あなたが、どこで、何をしていても、それを私に教えてくれる。そのこと知ってた？」

「いいえ」と僕は答えた。

「もう、行っていいわ」と彼女が笑いながら言った。「いつまで、そこにいるつもり？」

僕は踵を返して歩きだした。もう自分のテーブルへは戻らなかった。店を出て二ブロック歩き、目に付いた最初のゴミ箱の底に、ポケットに忍ばせていた録音テープを放り込んだ。

バーのテレビでボクシングの試合を眺めながらウイスキーを飲んだ。昨夜のチャンプは今夜はいなかった。友達の家でカードでもやっているのか？　いずれにせよ、女房にすら愛されてはいない男だ。働いて、酒を飲んで、眠るだけの人生。しかし、僕の人生は？　同じことかも知れない。ニューヨークに小突き回されて、挙句に今では田舎町の場末の酒場で、どうにか安酒にありついている。プエルトリカンの若者は今夜もカウンターに立っていた。今夜はやけに素っ気なかった。まともに顔を合わせようとすらしない。ただ金を受け取って、言われた酒を出すだけ。何かあったのだろうか？　この男もまた、いまでは僕を知っているということなのか？　この町で何をしているのか？　ということを。千の瞳に見られるとはどういうことなのかを想像して酒を飲んだ。あまり愉快な空想ではなかった。うんと愉快ではなかった、と言っても良い。酒場を出て、夜の街角を歩きだした。通りの角に辿り着くたびに、女たちが自分を買わないか、と声を掛けてきた。ここでも、いくつも瞳が僕を監視していた。

深夜にモーテルの部屋へ帰還した。モーテルは北の外れにあって、すぐ後ろは雑木林だった。その向こうには川が流れていた。ここにいると水の音は、ほとんど肉体の一部であるように感じられた。自分の腰から下が冷たい水に浸かっているような気がして生きた心地がしない。鞄からウイスキーを引っ張り出して、口をつけて飲んだ。だんだんとすり減っていくのがよく解った。男たちはこうやって、誰も彼もが、大切な人生の一枚切符を台無しにしていく。四方に見慣れた壁紙が見えた。女を追いかけて、中西部の町を点々とする間、いつもこの壁紙に取り囲まれていた。軋んで不愉快な音を立てるベッド。夜中に点滅をくり返す、背の高いシェード付きのランプ。何もかもが、幻影だ。この世界は結局のところ、自意識が創り出す幻でしかない。ブレーキの壊れたダンプカーのような男たちがコーナーを曲がり切れずに崖の下へと転落していく。女たちがそれを見て笑っている。ブレーキを踏んだ男は臆病者として罵られ続ける。どこにも逃げ場はない。それが、われらが人生という名のレースだ。

ドアがノックされ、扉が僅かに押し開かれた。

「あんたに電報が届いているよ」と誰かが言った。

「どこから？」と僕は言った。

「ニューヨークから。昼間届いたんだ」

「そこへ置いていってくれ」

「ここに？」

「ああ。放ってくれ」と僕は言った。小さな封筒が床の上に滑り落ちて、こちらへ向かって滑らかに移動してきた。僕は立ち上がって、歩いていくと、それを拾い上げて、封を開いてみた。小さな紙の上に、小さな文字が並んでいた。

キヲツケロ　オマエハ　ミラレテモイル

通信終了だ。こちらには返信する術はない。灰皿の上で電報を焼いた。それから灯りを消してシーツの下へ潜り込んだ。身体中がチクチクと痛んだ。毛布を一枚余計に羽織ると、どうにか痛みが和らいだ。

翌朝はホテルへは寄らずに、図書館へ向かった。アパートメントの管理人を叩き起こして、その建物の住人の一人に赤毛の若い娘がいることを突き止めた。娘は外出していて留守だった。管理人は中年の未亡人で、乳房の上に十字架をぶら下げていた。

少し脅して、娘の部屋の中へ入った。狭い部屋で、暗くて、じめじめしていた。ベッドの他には僅かな家具が置いてあるだけだった。化粧台とキャビネット。椅子とテーブルと本棚。台所には飲みかけの珈琲が置いてあった。その匂いが、その部屋の与える印象にやけに良く調和していた。管理人の女は戸口まで付いて来て、心配そうに中を覗き込んできた。

「何も取りやしない」と僕は言った。「取ろうにも、それに値する物が何も詰め込まれてやしない」

「でも」と管理人の声がした。

「すぐに、行くよ」と、僕は言った。

部屋の奥に扉伝いの小部屋がもう一つ付いていた。その扉を開けて、中に入ると、床一面に模型が広がっていた。この町の模型だ。図書館の一階に陳列されていた、十年ごとに更新されるこの町の今の縮図が、そこにはあった。間違いない、とそこに立って見下ろしながら思った。ホテルがあり、喫茶店があり、映画館があって、バーがあった。繁華街があって、ビストロがあり、町の南端には駅舎とバス・ターミナルがある。東側には図書館があって、北には川が流れている。とても良く出来た模型だった。鳥になって、上空から町を見下ろしているような錯覚を覚えた。あの娘は、ああ見えて、模型作りの専門家だったのかも知れないと思った。

「いつから、ここにいるんだ？　あの娘は！」と僕は戸口のある方角へ向けて叫んでいた。

「半年ほど前からでしょうか」と声が返って来た。

「独りでか？」

「ええ。そうですわ。ここで仕事があると言って」

「どんな仕事だ？」

「それは聞いておりませんわ」

会話を交わしながらも、目は模型の上のあちらこちらを彷徨っていた。見れば見るほど、良く作られていた。路地の一本に至るまで、手を抜いてある箇所が見当たらない。これが図書館の一階に新たに付け加わることになるのだろう。見事な仕事ぶりだ。そして、彼女はここからは出て行く。

「どこから来たか、わかるか？」と僕は訊いた。

「はい？」

「あの娘が、ここへ来る前には、どこにいたか？　と訊いているんだ」

「ああ。ニューヨークですわ。そこで舞台美術の学校へ通っていたとか言っていましたわ」

「なるほど」と僕は呟いただけだった。

それからまた模型の隅々へ目を凝らした。町の上には人間も歩いていた。とてもとても小さな人間たちが。男も女もいた。犬もいた。欠けているものがあるとすれば、それは音だが、それとて、ここで、それを目にするのであれば、嫌でも耳に入り込んでくる。そして、ある場所へ目をやった時に、僕はそれを見つけ出した。その男は模型の上にある、このアパートメントの前に立っていた。狭い路地の奥へ入り込んで、風を凌ぎながらアパートの入口を見張っている。それは僕だった。着ている服も、紛れもなく僕のそれだった。何なんだ、これは？　と思った。あの娘には、僕の姿がずっと見えていたとでも？　千の瞳がある、と言った彼女の言葉が甦った。あれは、単なるこけ脅しではなかったのか？　ほんの一瞬、気が遠くなった。膝が折れて、床に落ちそうになった。打ち込まれたボクサーのようだった。激しい怒りと苛立ちが襲った。

「あの、」という声が戸口から忍び寄ってきた。

「なんだ？」と僕は吠えるように叫んだ。

「そろそろ、」と声が言った。

「すぐ行く」と僕は返した。

　それから模型の脇に屈み込んで、もう一度、そこにいる僕をじっくりと確かめてみた。紛れもなく僕だった。他所から紛れ込んできた一匹の鼠。このままこの場所に固定されて、図書館の付属物の一部になる。

　僕は自分でも意識せぬまま、右手を伸ばして、その僕の塊りを模型の上から捻り切っていた。軟らかい粘土を指の間で押し潰し、それが僕でなくなる地点まで十分に形を変えてから床の上の別の場所へ捨てた。動揺はまだ収まらなかったが、怒りは鎮まっていた。僕はその小部屋からは出て行き、扉を閉めて戸口へ戻ると、部屋の外へと出て行った。

管理人の女はまだ律儀にその場所に立ち尽くしていた。彼女は心配そうに言った。「あの、もう、こんなことは？」

「もう、来ない」と僕は告げた。「もう、こんなことは、たくさんだ」

町を横断して、ホテルのある場所へ向かった。誰とも会わなかった。知っている人間とも、知らない人間とも。ホテルに入るとロビーは閑散としていた。フロントに昨日もいた若い女が一人だけ立っていて、僕を見つけると笑顔で首を傾げた。

「今日も来たのね？」

「ああ。電話を使わせてもらうよ」と僕は言った。

「その前に」と女が言って、一枚の紙をこちらへ押しやってきた。僕はそれを取って、その上の文字に素早く目を走らせた。それから紙を半分に折って、コートのポケットに忍ばせた。

「今日はもう来た？」と僕は訊いた。

「いいえ」と言って、女は首を振った。

「明日は来るかな？　明後日は？」

「多分、もうここへは来ないわ」と女が言った。

「なぜ、そう思う？」

「あなたが、もう、ここには来ないからよ」

ロビーを横切って、電話機のある場所へ辿り着いた。受話器を持ち上げてからダイヤルを回す前に一度、深呼吸をした。コールが始まって、間もなく、相手が出た。

「もしもし？」と僕は言った。

「お前か、」

「悪いが、今回の件からは手を引かせてもらう」

「どういう意味だ？」

「子供ともっと会いたいのなら別の手を考えろ、という意味だよ」

「なぜ？」

「重大な問題が発生した」

「なんだ？」

「それは言えない。主義に反する」

「買収されたな。幾らだ？　それ以上出す」

僕は笑った。久しぶりに。それから言った。

「まだだ。それに金の問題じゃないんだ」

「何が問題だ？」

「強いて言えば、生き方、の問題かな？」

間があった。それからまた声が聴こえた。

「なにが起きているんだ？　そこで？」

「わからないよ。そんなことは。だから手を引くのさ」と僕は言った。

「免許を取り消されるぞ？」

「まだ決まったわけじゃない」

「大人になれ」

「あんたに言われたくはないね」

それきり受話器を置いた。カランという音がして、コインが戻って来た。僕はそれを取った。そして、そこから出て行った。

駅舎の前には一台のバスが停まっていた。強い風が庇を揺らして、その上に木の葉を舞い散らせていた。彼女はその下に立っていた。僕を見つけると、手を振り上げて、白い歯を覗かせた。

「どういうつもりだ？」と僕は彼女と出会うなり、そう言った。

「ここを発つことにしたの」と彼女は言った。

「いつ？」

「次の列車よ。一時間後に来る予定」

「どこへ行くんだ？」

「まだ、そんなことが気になるの？」

僕は足もとを見下ろしてみた。影が見えた。

「そうだな」

「私からは手を引いてくれる？」

「この間の話の続きだな？」

女が肯いた。

僕は言った。

「二〇〇で手を打とう」

「ずいぶんと控え目なのね？」

「まあね」

「小切手で良い？」

「いいよ」

女がその場で小切手に金額を書き込んでくれた。僕はそれをポケットに仕舞い込んだ。

「あの娘のことだけど」と僕は訊いた。

「彼女が何？」

「おたくと、あの娘はどういう関係なんだ？」

彼女が微笑んだ。

「気になる？」

「少し、ね」

「あなたが考えているようなことはないわ。というよりは私の旦那が、と言うべきかしら？私たちは、もっとずっと強い絆によって結び付いている。あんたたちのような男には、一生かかっても、それが何か解らないでしょうね」

「千の瞳の正体は解ったよ」と僕は言った。

「なに？」

「想像力」

彼女が口をへの字に折り曲げた。それから言った。

「悪い答えではないけれど、完璧に正しい、とも言えないわね」

「完璧に正しい答えなんて求めちゃいない」と僕は言った。

彼女の瞳が奥底で煌いたのが見えた。

「さよなら」と彼女が言った。

「さよなら」と僕は言った。

街の外周に沿うように歩いて反時計回りに半周し、モーテルへ辿り着いた時には正午を回っていた。空はよく晴れていた。水の音が聴こえた。時間の音だ。上流から下流へ向かってゆっくりと流れている。部屋で荷物を整理している時にドアが控え目に叩かれた。

「誰だ？」と僕は言った。

返事はなかった。

歩いていって、扉を引いてやると、暗い廊下の上に赤毛の若い娘が立って、こっちを見ながら小さなリボルバーを構えていた。銃口は真っ直ぐに僕に向けられており、安全装置は外されていた。

ノブから手を離して、二、三歩後ずさり、両手を頭上に揚げるようにした。

赤毛の娘が素早く部屋の内側へ入り込んで来て、後ろ手にドアを閉めた。その間も銃口は僕の心臓に結び付いたまま動かなかった。

「あの人をどこへやったの？」と娘が薄い唇を開いて、そっと言った。

「発ったよ」と僕は告げた。

「あんたのせいね？」

「いや、違う。自分で出て行ったんだ」と僕は言った。

「なぜ？」と娘は言った。その声は興奮のために上ずっていた。

「知らん。水の音に嫌気が差したのかも」

「私は本当のことを知りたいのよ。それだけなの」

「危ういね」と僕は言った。「彼女は、君の、何なんだ？」

娘の頬が瞬時に赤らむのが見えた。彼女は顔を気持ち伏せた。

「あんたには関係がないわ」

「その物騒なものを降ろせよ？　君には必要がないものだから」と宥めるように僕は言った。

その頃には、背中が壁に辿り着いていた。

「どうなったって良いのよ。私、あの人のためならば」

「君には、ここで、まだやるべきことがあるだろう？」と僕は言った。アパートメントの床一面に広がっていた、町の模型の見事な造作が脳裏にくっきりと焼き付いていた。この娘は僕がそれを見たことを知っているのだろうか？

「あんなものには、何の価値もないわ」

「あんなもの？」

「そうよ。もう、どうだって良いのよ」

「捨てたもんじゃなかったぜ」と僕は言った。

娘は僕の言葉の意味を量りかねているようだった。顔には困惑した表情が浮かんでいた。

あの管理人の女には口止めはしてきたが、そんなことはする必要もなかった。彼女は娘に本当のことを言ったりはしない。

「なあ、そいつを降ろせよ？」と僕は言った。「それが、君のためでもある。誰も得をしないぜ」

「そうね」と娘が言って、拳銃を構えていた腕を体の脇にだらりと垂らした。

「取引をしないか？」と僕は言った。

「ここに二〇〇ある」と僕は言って、ポケットの中から、手に入れたばかりの小切手を一枚取り出して見せた。

「なんのお金？」と娘が言った。

「金は、金さ。そんな鉄屑とは違って価値があるものだ。何だって手に入る。時間も自由も、結局は金で買える」

「便利ね」と言って、娘が冷めた目で僕の身体を上から下まで舐め尽くすように見てきた。

「で、何をしろっての？」

「簡単だよ。そいつを置いて、この部屋から出て行ってくれたら、それだけで良いんだ」

「本当に、それだけで良いの？」

「ああ。本当にそれだけで良い。それで、この話は、すべて決着がつく。明日の朝にはこの町の上から、昨日まではいた二人の人間が消えている。女と男だ。女の方には価値があって、男の方はそれほどでもない。女はダイアモンドで、男はせいぜい銀。超一流と、ヘボだ。言い方は何だっていいが。とにかく、二人の人間が、この町からはいなくなる。女は列車に乗って、男は車に乗って、町の南と北の端から、それぞれの行く方へと去る。どうだ、悪い話じゃないだろう？」

娘が一度大きく息を吐いた。それから諦めたように歩きだすと、ベッドの横に立って、その上に持っていた拳銃を放り捨てた。物音ひとつ立たなかった。軽い銃だ。弾が篭められているのかも怪しい。それから娘が僕のいる壁際に向かって慎重に距離を詰めてきた。僕はサイドボードの上で手にした小切手に裏書をしてから、娘に直接それを手渡してやった。

「有り難う」と娘が言った。

「やることをやったな？」と僕は意味ありげに片方の瞳を瞑ってみせたが、なんの反応もなかった。

「疲れたわ」とドアの方へ歩いていきながら、娘が呟くのが聞こえた。「それに哀しいわ、とても」

娘がドアを開けて、部屋の外へ出て行きかけたところで声をかけた。

「なあ？　あんなことは、もう二度と止めてくれないか？」

「なにを？」と言って、戸口に立ったまま娘が部屋の中へ振り向いた。

「僕のことを、君のおとぎ話の登場人物の一人に、化かしてしまうようなことをだよ」

娘が肩を竦めた。赤い髪が腰の辺りにまで垂れ下がり、カサカサと音を立てて揺れた。どうして女性というものは、髪の毛を長く伸ばしたがるのだろう、と思った。

「見たのね？」と娘が驚いたように目を見開いて言った。

「ああ。君の部屋に入った」と僕は正直に告げた。その頃には、もう拳銃は僕の手のひらの中にあった。可愛い相棒のように見えた。名前はチェリー。

娘はそのことで僕を責めるべきかどうか思案していた。でも、やがて笑顔を覗かせて言った。「気に入った？」

僕は肩を竦めた。

「あんまり」

「酷い町よね、ここ？」と娘も顎を引いて言った。

「趣味じゃない」と僕は言った。

「もう行くわ」と娘が言って、廊下へ一歩、踏み出した。

「いつまで、ここに？」

「あと一週間、ってとこかしら」

「入口の守衛に、よろしく」と僕は言った。

「言っとくわ」と娘が言って、戸口から消えた。

フロントで料金を支払って、砂利の上に停めてある車の中に乗り込んだ。ニューヨークに引き返す気はしなかった。このまま西部へまで足を伸ばそうか？　そこに腰を落ち着けて、いずれはハリウッドで稼いだって良い。

町を後にして、川沿いをひたすら走った。道は一本で、橋はかなり先に行くまで架けられていない。途中で、目に付いた桟橋の上でタバコを吸った。その時に娘から預かった拳銃を川底へ捨てた。弾は六発全て入っていた。僕の銃とは型式が異なっていた。六個の銃弾をロケットのように飛ばして、水面に着弾するのを見届けた。陽光が川面に照り映えて、黄金色の帯が地平線にまで伸びていた。二〇〇は安い買い物ではなかったが、元より、あの金は、僕が手に入れるべき金ではない。

車へ戻り、運転席のシートを倒して、少しのあいだ眠ることにした。眠りは音もなく忍び寄ってきて心地良い熱が僕の身体を包み込むように温めてくれた。

最後に聴こえたのは水の音だ。後のことはもう、記憶にはない。

惑星の孤独

地底人がやって来たとき、私は掃除機をかけていた。

だから、彼が来たことを未だ知らずにいられたのだった。掃除機を止めると、地底人と目が合った。その地底人は小さくて脚が極端に短かった。地底人だ。昔、テレビで観た。地底人は玄関に立っていた。

「俺の靴を知らないかな?」と彼は言った。「靴が見つからないんだ。気がついたら、裸足で歩いていた。どこで失くしたのか憶えていないんだ。だから、これまでに歩いてきた場所を全部、逆周りで歩き直しているところさ」

私は掃除機を壁に立てかけるようにした。それから玄関へ向かった。地底人はわが家の靴たちを丁寧に見ていた。夫の靴も子供たちの靴も順番に見た。地底人の靴はそこには含まれていないらしかった。見る見る彼は不機嫌になっていった。「ないね」

「どうやら」と私は言った。

それから地底人は無遠慮にわが家の中へ上がりこんで来た。掃除機をかけたばかりの床の上に彼の足跡がペタンコと付けられた。後で雑巾をかけなければ、と思った。地底人は部屋の真ん中に立っていて、そこから四方の壁を不思議そうに眺めていた。

前に地底人がここへやって来たのは、いつ頃のことだったろうか、と私は考えてみた。たしか四年前だ。あまり記憶にないが、たしか、あのときにも、地底人はここにいたのだ。

「俺の靴をどこかに隠しているんじゃないか？」と彼は言った。

「いいえ」と私は答えた。「隠していないわ。どんな靴？」

「紐が付いている」と地底人は答えた。

「色は？」

「憶えちゃいない」

地底人の足は子供のように小さかった。息子の靴を一足貸してやっても好かった。

「お古で好ければ、一足差し上げるけど？」と私は言った。

地底人は立ったままで俯いてしまった。それで私は、自分が何か間違ったことを口にしたらしいということを知らされた。間髪を入れずに地底人の声が響いて来た。

「ねえ？　俺は自分の靴を探しているんだよ」と彼は言った。「それじゃなきゃ、意味がないのさ」

「どんな意味?」と私は訊ねた。玄関には無数の靴が散らばっていた。スニーカーもあるし、革靴もあるし、ハイヒールもある。色だって色々ある。長靴もあるし、サンダルもある。でも、地底人の靴はなかった。

「靴」と彼は言った。「鞄じゃなくて、靴。それが意味だよ」

「秋」と私は言った。「春じゃなくて、秋」

「それが意味だよ」と地底人は言った。「物にはそれぞれに意味があるんだ」

地底人の髪の毛はぼさぼさに伸びていた。私は彼の髪を根こそぎ刈り取ってやりたい衝動に駆られた。私にはそういう性根がある。道を歩いている男の人を見ると、全員を片っ端から坊主頭にしてやりたくなるのだ。世界が丸坊主で溢れたら、私は今よりもずっと幸せな気持ちになれるだろう。髪の毛を生やしているのは女性だけ。すぐに区別もつくし、何よりもまず清潔だ。

「どうやら、ここではないらしいな」と地底人は無念そうに呟いた。「それやれだ。骨が折れる」

「お腹は?」と私は訊いた。そうしなければ、この地底人はすぐにでも立ち去ってしまいそうに思えたからだ。

「減ってないよ」と地底人は答えた。

「何か飲む?」

「いらない」と言って彼は首を振った。

「もうじき息子たちが帰ってくるのよ。会って下さらないかしら？」と私は言った。

地底人は時計を見上げた。午後二時五分だ。

「なんで？」と彼は言った。

「さあ？」と私は言った。「会いたくなきゃ、会わないで好いけど」

「お茶の一杯くらいならば、ご馳走になるとしよう」と地底人は言った。

「すぐに準備するわ」と私は言った。

子供たちが学校から帰宅するまでの間に、私は地底人とのセックスを三回も愉しんでしまった。地底人の男根は、それはもう凄まじかった。夫の貧弱なそれとは較べ物にもならなかった。前に彼が来てくれたときにも、こんなことがあっただろうか、と私はベッドの中で彼ののぼさぼさに伸びている髪の毛を撫でながら、そんなことを考えていた。

「好いのかい？」と地底人はこちらには背中を向けたままで言った。

「べつに」と私は答えた。それから言った。「あなたの髪の毛を切っても好い？」

「だめ」と地底人は言った。

「私、こう見えて、髪の毛を切るの上手いのよ？」と私は言った。「子供たちの髪も切ってあげているし、夫の髪だって時々は私がやってあげるの。いつも褒められるわ。時間は少しかかるけれど、仕上がりは悪くないわ。自信があるのよ」

「でも、だめ」と地底人が言った。

「なんで?」と私は言った。

「行きつけがあるのさ」と地底人がこっちへ振り向いてそう答えた。髪の毛の隙間から光る瞳が覗いていた。「他人の手が入ると、そこの主人が機嫌を損ねる。職人気質なんだ。俺は何かを人に任せたら、そいつに最後まで任せ切る。たとえ気に入ろうが気に入るまいが、任せた俺の責任だからな」

「信頼関係?」と私は訊いた。

「そう」と地底人は答えた。

「なら、仕方ないわね」と私は言って、彼の髪を撫でるのを止めてしまった。急にそれが気に入らないものみたいに見えたのだ。さっきまでは艶々と輝いていたのに、今ではそれがくすんで見える。

「もうじき、息子たちが帰ってくるわ」と私は言った。寝室の時計を見てみると、午後三時を回っていた。

「服を着なくても好いのか?」と地底人が言った。

「すぐに出て行くから」と私は答えた。「ここまで来たりはしないのよ」

「おやつは?」と地底人が言った。

「さっき、テーブルの上に準備してきたわ」

「今日のおやつは何だ?」と地底人が訊いた。

「パルフェ」と私は答えた。

「何だ?　パルフェって?」

「パルフェはパルフェよ。ムースじゃなくて、パルフェ」と私は言った。

それから息子たちが相次いで帰宅し、玄関にランドセルを放り投げて、おやつにありついた後で、相次いで家の外へ出て行った。嵐のような凄まじさで。私は地底人と一緒にベッドの中にいて、ドア越しにその音が過ぎ去るのを待っていた。地底人はその間ずっと私の肩をやさしく抱いてくれていた。

「大丈夫かい?」と彼が囁くのが聞こえた。

「いつも、ああよ」と私は目を閉じたままで答えた。

「パルフェが気に入らなかったのか?」と地底人が不思議そうに言った。

「そうじゃないわ。いつも、ああなの」と私は言った。

子供たちがいなくなると、家の中は再び静寂によって満たされてしまった。子供たちはこの地底人の足跡に気がついただろうか、と思った。恐らくそんなことはあるまい。そういう子たちなのだ。いつでも風のように床の上を横切っていく。学校と家と遊び場の三ヶ所を飛び回っている。だんだんと大きくなる。音も力もそれに伴って大きくなっていく。この頃では怖いと思うことも多くなった。

「ねえ？　さっきの話だけど」と私は目を開けて言った。地底人がそこで私の顔を上から覗き込むように見ていた。

「なんだ？」

「散髪屋の主人の話よ」と私は言った。

「ああ。それか」と彼は言った。

「その人も地底人なの？　その理髪店は地底世界にある理髪店のこと？」と私は訊いた。

「そうだよ」と地底人は言った。「むろん」

「地底世界のことを教えてよ？　そこには空はないんでしょ？」と私は言った。それから彼の胸板にしがみつくようにした。地底人の心臓の音が聞こえた。

「むろんだ」と地底人は言った。「空はない」

「じゃあ、風もないの？」と私は訊いた。

「風はある」と地底人は言った。

「へえ。あるんだ」と私は言った。「残念ね」

「それから水もある」と地底人は言った。

「動物や植物はいる？」と私は訊いた。

「わずかばかりいるよ」と地底人は言った。「ここほど豊かではないが、地底世界にも自然はある。ここことは違う貧相な自然だ。それでも自然は、自然だ。それから俺のような地底人たちがいる。地底人たちのための町がある。男も女もいる。そこには理髪店も美容室も水羊羹を売る店もある」

「ふうん」と私は言った。「どうしたらそこへ行けるの？」

「それは教えられない」と地底人が悲しそうに言った。

「どうして？」と私は言った。「あなたは、こっちへ来られるのに、私はそっちへ行けないなんて不公平じゃない？」

「来ない方が好いよ」と地底人は静かに言った。「そこは、ここほど、平和な場所じゃないんだ」

「どうやってここまで来たの？」と私は尚も訊いた。

「エレベーターに乗って」と地底人は言葉を選びながら慎重に答えてくれた。「ある種のエレベーターは二つの世界を結び付けてくれることがあるんだ。普段はそんなことは起こらないよ。然るべきときにだけ、それに乗って、ここまで上がって来ることができる」

「そしてまたそれに乗って還るのね？　あなたのお家まで」と私は言った。

「用が済んだらね」と地底人は言った。

「靴のこと？」

「そう」

「どうして、こんな世界へ飛び出して来ちゃったりしたのよ？」と私は言っていた。その口調の激しさに地底人は一旦はたじろいだように感じられた。

「それは、」と言ったきり、彼は口籠もった。

「四年前に一度、この家にも来てくれたわよね？　そのときに失くしてしまったの？」

「多分ね」と彼は言った。

「それきり、あなたは靴を履かずに、この地上をウロウロと歩きまわっていた？」

「まあ、そういうことだ」

「で、今はそれを探し歩いている？」

「靴がなければ、家に帰れないからね」と地底人は困り果てたように言った。

「どうして？　新しい靴を手に入れたら、それで好いじゃない？」と私は言った。「靴なんて、どこでだって売ってるわよ。サイズだって色々ある。あなたの足にピッタリの靴を作ってもらったら好いわ。お金のことなら、」と言いかけたところで、地底人がそれを遮った。

「そういう問題じゃないんだ」

「じゃあ、どういう問題？」

「これは俺の問題さ。俺が決着を着けなければならない。その靴を探し出してからでなければ、エレベーターはピクリとも動きださない。数多い失敗から、それを学んだんだ。靴が必須事項であるということをね」

「ここで、それを失くした、という確証はあるの？」と私は言った。「一度、地底に戻ったということはない？　そのときにそこに置いて来た、とか？」

「ないよ」と地底人は言った。「それは、ここにあるんだ。どこかに、必ず。それを見つけ出して履き直す必要があるんだ」

「靴、ね」と私は言った。

「そう。靴」と地底人が言った。

それから私は地底世界のことについて地底人から色々と教えてもらった。

「地底世界にいる動物の名前を一つだけ教えてよ？」と私は言った。

「ハッソウマタギ」と地底人は答えた。

「ハッソウマタギ」と私は言った。

「小さな動物だよ」と地底人は言った。「地底世界には大型の捕食動物は存在してはいないんだ。家畜もいない。それに値するような動物が成育していないんだ」

「何を食べてるの？　ふだん」と私は興味が湧いてきて、そう訊ねた。

「木の実」と地底人は言った。「とても栄養がある。それだけで生きていける」

「今度来るときには持って来てよ」と私はせがんだ。

「美味くはないよ」と地底人は言った。

「好いのよ。夫に食べさせるの」と私は言った。「あなたのように、少しは強くなって欲しいから」

地底人は曖昧な表情を浮かべていた。私は笑った。久しぶりに。心の底から。

「ねえ？　もう一回できる？」と私は言った。

「何度でもできるよ」と地底人は言った。

それからまた、三回も交わり合ってしまった。私はくたくたになったが、地底人はケロリとしていた。成り立ちからして違うのだ。仕方がない。ここまで違うと、較べること自体が間違いだという気もする。

窓の外では日が暮れかけていた。時計を見ると、午後四時を回っていた。

「そろそろ行かないと」と地底人が言った。

「子供たちは日が暮れるまで戻っては来ないわ」と私は言った。「小さな怪獣たちよ。泥だらけで戻って来るの。それからお風呂へ飛び込んで、お皿ごと食べ尽くすような勢いで夕飯を食べるの。それで夜中まではしゃぎまくってから、やっと眠るのよ。それなのに朝が来ると、もう起きて騒いでいる。信じられないくらい元気なの。子供って恐ろしいわよね」

地底人は気の毒そうな表情で私の顔を見ていた。

私は言った。

「あなたには、こんな気持ちは到底理解できないでしょうね？」

地底人は曖昧に肯いた。

「好いのよ、それで」と私は言った。

電話が鳴った。

私は裸のままでベッドから抜け出して、寝室の床の上に転がっていた携帯電話を拾い上げると、通話ボタンを押し込んだ。

「もしもし？」

「僕だよ」という夫の声が聞こえた。

「ああ」と私は答えた。

地底人はベッドの上に寝転んで天井を見上げていた。

「八時に帰れそうなんだ」と夫が言った。「何か、買って帰るものはあるかな？」

「早いのね？」と私は言った。「今日に限って」

「そうなんだ」と夫は言った。「珍しく、早く上がらせてもらった。帰りにスーパーへ立ち寄るよ。何か、ない？」

「そうねえ、」と私は考えるふりをした。

「なければ、それで好いんだ」

「メリケン粉とオレンジピールを買って来て下さる？」と私は言った。

電話口で夫が苦笑しているのが察せられた。外を歩いているのだろう。風の音が聞こえる。ゴーゴーと。

「また、お菓子作りかい？」と夫は言った。「精が出るね」

私はそれには答えなかった。無言を貫いた。

「なければ無理に探さなくて好いわ。自分で買いに行くから」と私は言った。それから電話を切ると、その端末を床の上に放り捨てた。

もう一度、ベッドの中へ舞い戻り、地底人の堅く引き締まった身体に抱きついた。土の匂いがした。私はそれをぎゅうっと力一杯に抱き締めた。

「私のこと、軽蔑している？」と私は訊いた。

「べつに」と地底人は答えた。

「本当のことを答えても好いのよ？」と私は問いかけた。

「本当に、軽蔑していないよ」と彼は言った。

「そう？」

「うん」

日が暮れてしまうまでには、まだ少しだけ間があった。夫が帰って来るまでにはまだ三時間以上ある。その前に床の上の足跡を綺麗にしなければならない、と思った。子供たちはともかく夫はそれには気がつくはずだ。

「あなたの靴が見つからなければ好いのに」と私は言った。

「何故？」と地底人が傷ついたように言った。

「そうしたら、また会えるからよ。こんな風に」と言って、私は笑った。彼の胸の中で。無邪気に。

　地底人の声が髪の毛を伝って耳の奥へ忍び込んできた。

「もうここへは来ないよ」

「どうして。あなたの靴がここにはない、ということが判ったから？」

「そうだ」と彼は言った。

「ねえ？　どうして、そんなにも地底へ還りたいと望むのよ？」と私は身を引き剥がしながら言った。「ずっと、ここに、こうしていたら好いじゃない？」

「それはできないんだ」と地底人は悲しそうに首を振りながら答えて言った。

「なんで？　そこがあなたの生まれた場所だから？」

「違う」

「ここは嫌い？　好きになれない？　あなたの気には入らないの？」

「そうじゃないんだ」

「じゃあ、どうしてよ？」と私は言った。彼の瞳を覗き込みながら。

　地底人はしばらく迷っていた。その言葉を口にするべきかどうかを。でも、やがて口を開いた。ぽつぽつと虚空に台詞を置くように彼は言った。

「この場所はもうじき滅び去るからさ」

「滅び去る？　ここが？」と私は言った。

「そうだよ」と彼は言った。「だから、そうなる前に地底へ戻らなければ、俺も消えてなくなってしまう。だから必死なんだよ」

「たしかに」と私は呟いた。「最近そんな話ばっかりよね。大気汚染、温暖化、新型ウイルス。こうしている今にも人類はうじゃうじゃと増え続けてはいるし、破滅はそう遠くはないでしょうね。私たちはこの地球をその手で滅ぼしてしまうかもしれない。でも、それはそれで仕方のないことだわ。それならば、それまでの時間を精一杯楽しく生きていた方が好いわ。私たちにはどうしようもないことだもの」

「地球は滅んだりしない」と地底人は言った。そのまなざしは透徹した強さを秘めているように感じられた。地底人にそんな風に冷たく見つめられて、私はぞっとしてしまったことをよく憶えている。「滅びるのは、お前たちだけさ。残念ながら、そうなるんだ」

それきり地底人はベッドから抜け出すと、床の上に散らばっていた自らの下着や衣服をもう一度身に纏い、寝室の外へ出て行ってしまった。玄関のドアが開いて、それがまたバタンと閉まる音が響いて来た。

地底人がいなくなってしまうと、家の中は、これまで以上にしんとしてしまった。時計を見ると午後五時五分前だった。もうじき完全に日が暮れる。子供たちが帰ってくる。夫も帰ってくる。夕飯と風呂の支度を整えておかなければならない。私は立ち上がり、新しい下着を身に付けて、服も新しいものに着替えた。寝室を抜けて、玄関まで出て行くと、床の上に付着していたはずの地底人の足跡は綺麗に消滅してしまっていた。玄関の鍵は開いていて無数の靴たちが無秩序に転がっていた。何度言っても、揃えて置こうとはしない。

私はそのドアを押し開けてみた。顔を出して廊下を見てみたが、地底人はいなくなった後だった。

ありがとうと言いたかったのに、と思った。

おかげで気が楽になったわ。ありがとう。地底人。

競売人殺し

夏の終わりに競売人夫がやって来た。競売人夫は僕の家の中にある物たちをあらかた運び出してしまった。それらの家財道具には悉く「落札済み」の札が貼られていた。彼らが庭先に停められた軽トラックの荷台の上に並んで置いてあるのをキッチンの窓辺から眺めていると、これまでに起きたあれやこれやが一瞬のうちに走馬灯のごとく脳裏を駆け巡った。飾り棚の付いた和ダンスやツリー・ラック。VHSのビデオデッキ。そんな物たちだ。

仕事を終えた競売人夫と二人きりで、家の中でコーヒーを淹れて飲んだ。その競売人夫は僕よりもひと回り以上は年嵩に見えたが、彼の方が年上であるようには到底思えなかった。僕がそう言うと、彼は笑いながら、そりゃそうだよ、と言った。だっておいらたちは未来から来たんだからね。赤の他人の運命を差配して愉しいかね、と僕は訊いた。少々意地が悪かったかも知れない。競売人夫は急に不機嫌になった。ちょうどそのときに激しい雨が降り始めて、荷台の上にある物たちは、彼らを乗せたトラックごと、白い水しぶきの奥に掻き消えてしまった。

雨が上がると競売人夫は行ってしまった。僕は彼から受け取った小切手を懐中に仕舞い込むと、トランクの中に僅かばかりの私物を詰め込んで、その家を出て行った。


バスを降りるとシティの香りがした。懐かしき我が街という感じだった。僕はシティには一度も住んだことはないのだが。トランクを引き摺って歩いて行くと一軒のバーの灯りが見えた。僕はその店に入店し、カウンターの端に齧りついた。それから新参者がよくそうするように、当たり障りのない銘柄のビールを頼んだ。

八時過ぎに独りの男が僕のすぐ隣のスツールの上に腰を降ろした。まだ出来たての男のように見えた。話をするうちに彼が競売人殺しであることが判った。特にそれについての話をしていたわけでもないのに。僕は身の上話を披露する羽目になった。悪質な競売人に嵌められたこと。その結果トランク一つで放り出されたこと等を。

競売人殺しは擦り切れたブルージーンズを履いていた。その外皮から察するに恐ろしく細くて長い両脚を持っていた。

「君はまだ若いが、全然、そんな風には見えないね？」と僕は言った。

「そりゃそうさ」と彼は答えた。「俺たちは過去から来たんだよ」

「なるほど」と僕は言った。それから二本目のビールを注文した。

そんな風にして、僕は競売人殺しと知り合いになったのだ。今から思えば、それがすべての発端であった。

シティには僕のための部屋が準備されていた。僕の家を競売にかけた競売人が代わりにそれをあてがってくれたのだ。前の家とは較べるべくもなかった。古い建築で、下水の匂いがした。トランクを置いて、鏡の前に立ち、髭を剃った。長旅のせいで酷くくたびれていた。ベッドに倒れ込むとスプリングが軋んで嫌な音を響かせた。そのままどこまでもたわみそうなベッドだった。でも、僕はその上で眠った。これからは幾晩も、ここで、こいつと夜を共にしなければならないのだ。夢の中では僕はまだ以前に暮らしていた家の中にいた。そこでコーヒーを飲んで、窓の外の青紫色の空を見上げていた。とても気持ちの好い春の宵。

シティという都市空間は一度、そこに組み込まれてしまえば、後は自動的に回り続けられるように出来ている。僕もまたそんな風にして、この場所の精巧な機械部品の一つになった。磨かれて叩かれて、段々と丸みを帯びていく。うんとくたびれてしまって使い物にならなくなるまでは、まあ安泰でいられる。真に望んだ人生ではなかったけれど、セカンドベストではある。人は誰も彼もが成りたい者に成れるわけではないし、どこかで見切りをつける必要があるのだ。僕の場合には競売人たちが、その見切り時を教えてくれた。僕はシティの片隅で息を潜めて、自らの運命を推移させてきた。その試みはある程度までは上手く行っているように思えた。僕は破綻することなく税金を納め続けてはいた。住民資格を有した善良なる一市民として。

シティに住み着いて八年後に一人の競売人が僕の部屋を訪ねて来た。この家を競売にかけられるお心算はないですか、と彼は言った。ない、と僕は答えた。ここは僕の持ち家ではないし、家を持つ心算は毛頭ないのだ、と。僕は彼らのやり口は心得ていたから口車には乗らなかった。競売人は残念そうに僕の眼前から去っていった。入口に塩を撒いて、その日は何事もなく終わった。しかしその翌日にはまた、別の競売人が僕の家の戸口に立っていた。彼らは一度目を付けた相手には徹底的に付き纏うのだ。手を変え品を変え、口説いてくる。すっかり参ってしまった僕は最初に競売人殺しと知り合った酒場に行って、彼の行方を訊ねた。古参のバーテンダーの一人が彼の居所を知っていて、僕にメモを書いて渡してくれた。僕はその番号に電話をかけてみた。五回目のコールで競売人殺しが電話口に現れた。

「やあ」と彼は明るい声で言った。「そろそろ電話を掛けてくる頃合だと思っていたよ」

「競売人に悩まされている」と僕は告げた。

「奴らはしつこいからね」と競売人殺しは言った。「それに、あんたの名前は顧客リストに載っている。定期的に訪ねて来るようになっているんだ。そういう仕組みがちゃんとある」

「君に仕事を頼みたいんだが」と僕は言った。

「なんの？」と惚けた返事が返ってきた。

「君の仕事だよ。他に何があるんだ?」と僕は言った。

「わかっているさ。冗談だよ。首尾よくやり遂げてやろう」と競売人殺しが言って、電話が切れた。

翌日にはもう、一人の競売人がシティの北側を流れる川面の上に浮かんでいた。僕の家を訪ねて来た競売人ではなかった。シティには何千何百という競売人たちが流れ込んでいるのだ。そのうちの一人が殺された。

僕は電話ボックスから競売人殺しに電話をかけた。

「見せしめだよ」と彼は言った。「これで当分、奴らは大人しくなるだろう」

競売人殺しの言った通りだった。それから数年はこともなく過ぎていった。僕は彼らの姿を見なかった。街中でも、他のどこでも。

競売人殺しとは例の酒場で時々は鉢合わせた。そういう際には、僕らはそれとは無関係の話ばかりしていた。そうしていると競売人殺しはどこにでもいる若者のように見えた。相変わらず脚は細過ぎたし、ジーンズは薄っぺら過ぎたけれども。

それから。僕は結婚して二人の子供たちを得た。息子と娘がそれぞれ五歳と三歳になる年に郊外に一軒の家を買った。家を持つことは結婚に際しての妻との約束でもあったので、反故にすることは出来なかった。新しい家は広くて日当たりが好くて、人が快適に生きていく上でのあらゆる条件を兼ね備えているように思えた。この頃には競売人の脅威は僕の運命からは遠退いているように見えた。彼らは僕のことを手放したように思えたのだ。そういう希望的観測に縋ってもいた。もしもの際にはまた、競売人殺しを頼っても好い。

もちろん。彼らは僕のことを手放したわけではなかった。そんな甘い連中ではない。彼らは機会を伺っていたのだ。僕が階段から足を踏み外す一瞬を待っていた。僕は注意深く一歩一歩進んで行かなければならなかった。もちろん家族には、妻にさえ、そんなことは言わなかったが。何をそんなに怯えているの？　と妻は好く僕に言ったものだ。大丈夫よ。私たち、案外上手くやっている方よ、と。君にはこの世界の成り立ちというものがまだ好く解っていないんだよ、と僕は言った。ある日突然、足もとの床板が抜けて、そのままどこまでもどこまでも落っこちていく。そういったことが本当に起こり得るんだ。ここはそういう場所なんだよ、と。彼女は呆れて、僕の傍らから離れていってしまった。じゃあ、勝手にすねていなさいな。悪いけど私たち、そんなに暇ってわけじゃないのよ？

ある日の夕刻。通勤という名の長い旅路の果てに駅前の道を歩いている時に僕はとうとう一人の競売人の姿を見かけた。彼はハットを深く被って杖を突きながら歩いていた。でも、その男が見かけよりも遥かに若い存在であることを僕は好く知っていた。とっさに電柱の陰に隠れ、彼の姿が見えなくなるまで待って、家までの道のりを走って帰った。後ろ手にドアを閉めると、ちょうど玄関に妻が立っていて、驚いた様子でこう訊ねてきた。

「どうしたの？　お顔が真っ青よ」

僕はたまらなくなって告白した。

「ねえ？　僕はこれまでの人生において常に家を売るという強迫に耐えて来たんだよ。でも、もうこれ以上は、持ち堪えられそうにない。もしもの時には子供たちを連れて、僕のことを捨てて出て行ってくれ」

妻は呆気に取られた様子で僕のことを見返していた。それから言った。

「何を言っているの？　あなた。この家を売る必要がどこにあるのよ？」

「これは僕の意思が介在する余地のない問題なんだ。僕がどんなに懸命にそれに抗おうと骨を折ってみたところで奴らはこの家を競売にかけるだろう。そして一切合財を持ち去ってしまうことだろう。僕にはそうした光景が観えるんだ。ありありとね。だから、そうなる前に君にはここを出て行って貰いたいんだ。落札された家に最後に取り残されることの絶望感というのは、味わった者にしか解らない種類の感情だ。そんな目に、君を遭わせたくはない」

階上では子供たちが盛大に何かをやらかしているようだった。息子と娘はそれぞれに歳を重ねていた。妻の気はそっちに取られ始めた。彼女は自分をこの家に結び付けているものは重力のように不変な何かだと感じているようだった。

「ねえ？　悪いけど、そのお話はまた後で伺うことにするわね」と彼女は言った。「お夕飯の支度が出来ているの。子供たちを先に食べさせるから、あなたは先にお風呂に入ってくれる？」

その晩。僕はとうとう最後まで一睡も出来なかった。僕の横では妻が寝息を立てていたけれど、僕はまんじりともせずに、寝室の暗い天井を見上げていた。競売人殺しに電話をかけようか、とも思った。でも、あの競売人が、僕の家を探しているという確証はない。ここには僕らの家の他にも、同じような住宅がたくさん建てられている。そのために開発された郊外の住宅地なのだ。シティで働く人々のベッドタウン。夫は通勤の労を担わされ、住宅ローンの返済を迫られる。競売人たちはそこに目を付けるのだ。売れば楽になれますよ、と。そんな誘惑に屈したくはなかった。子供たちは健やかに育っていたし、妻も僕もここでの生活には一定の手応えを感じていた。もちろん諸々の問題事項は控えている。でも、それがない場所なんてない。我々は何も、リゾート・アイランドに来ているわけではないのだ。

翌朝、家の近所には競売人の姿はなかった。あれは幻影であったのだと思い込みたかった。こんな生身の現実が犇めき合っているような所に未来人の入り込む余地なんてないのだ、と。でも、その日の仕事をやり終えた僕の足は、自然と一軒の酒場へ向かっていた。入口を潜るとすぐにカウンターの端にいる競売人殺しと目が合った。

「よう」と彼は言った。「お悩みのようだね？」

僕は彼の隣のスツールの上に重たい腰を落ち着けた。それからバーテンダーに合図をして、いつもの銘柄のビールを持って来てくれるように頼んだ。

「目の下が真っ黒だぜ？」と競売人殺しが愉快そうに僕の顔を覗き込んで言った。

「トラブルの予兆がある」と僕は短く答えて言った。

「予兆、ね」

「どうにかならないか？」

「と言うと？」

僕は彼の方に向き直った。競売人殺しは更に若返っているように見えた。でも、魂の上では彼は老人だった。不思議な男だ。僕よりも遥かに長い年月を、この男は旅してきたのだった。競売人を殺す、という目的のためだけに。

「問題は、あんた自身にあるんだ」と競売人殺しは目を合わせずに言った。

「僕に？」と僕は答えた。

「そう。あんたは家を売りたがっている。心の奥底ではね。だから競売人たちが追いかけて来るんだよ。そのことのカラクリに気がついていない」

「僕は家を売りたいなんて考えたこともないよ」と僕は抗議した。「一度たりとも」

「でも、現実には君の家はもうじき競売にかけられることになる」と競売人殺しが言った。

「なぜ？」

「そう決まっているからさ」

「それを阻止する方法はないのか？」と僕は訊いた。「その競売人を殺してくれ。お願いだから」

競売人殺しが組んでいた脚を解いた。それから今度は僕の目を真っ直ぐに見据えて言った。

「それは出来ないんだ」

「頼むよ！」

競売人殺しは首を振った。

「今度の競売は規模がデカいからね。たとえ一人を殺したところで、他の競売人がそれを引き継ぐ。すべてを殺して回ることは不可能だ。君には諦めてもらうしかない」

「聞いてくれ？」と僕は言った。そういう僕の声は細かく震えていた。「子供たちはまだ小さいし、妻はああ見えて、ナーバスなところがある。そんな苦役に耐えられるとは思えない。どうにか事態を回避したいんだ」

「パニックになるなよ？」と競売人殺しは憐れみの籠もった声色でやさしく語りかけてきた。「人には各々器が備わっているんだ。何かを手に入れたければ何かを捨てなければ入り切らないだろう。これは、そういう話なんだよ。手札を切るんだ。すぐに新しいカードが手に入る。そうやって君はかつて、この街にやって来たんだ。古い住処を捨てて。そして今ある家を建てた」

「それをまた捨てろと？」と僕は言った。本当は悲鳴を上げたかった。「家族はどうなるんだ？　僕はもう独りじゃないし、若くもない。やり直すには手遅れだ。そんなチャレンジは無謀過ぎる。それに僕は十分に満ち足りている。これ以上は何も要らないんだよ。今ある物を失いたくはない」

間があった。競売人殺しはそこで何かを考え込んでいた。それから言った。

「個人の心情としては、とても好く解る。でも、これはもう決まってしまったことなんだ」

かくして、天空のどこかにいるらしい、人々の命運を司る神官たちの決定に従って、僕の家は競売にかけられることになった。競売人がやって来て（うんと若い男だった）今後のスケジュールを説明し、コーヒーを飲んで帰っていった。妻は呆気に取られていた。僕は上の空で聞き流していた。

競売人が去ると妻は僕に言った。

「あなたには、こうなるということが解っていたの？」

僕は返事をしなかった。黙って、自分のカップからコーヒーを一口飲んだ。この家で味わうことの出来る最後のコーヒーになるのかも知れないな、と思いながら。

「何が起きているの？　いったい？」と妻が僕の肩を掴んで言った。「説明して下さいな？あなた？　どうして私たちの家が競売にかけられなければならないの？　どうしたらこんな風に、酷い有様になるのよ？」

「これはもう決まったことだ」と僕は言った。それから彼女の手を握り、その甲をぽんぽんと叩いた。「君は子供たちを連れてお義父さんたちの家に身を寄せたら好い。僕はダウンタウンにフラットを借りて、そこから仕事へ通うことになる。そのための部屋も、もう準備されているんだ。さっき、競売人がそう言っていたろう？」

奴らは抜かりがないからね、とは言わなかった。

「私たち、ここを叩き出されるの？」と妻が言った。「そんなの耐えられないわ。私たちには階級の加護が必要なのよ。この家が与えてくれている社会的信用というものが。お金の問題じゃないわ。たとえ借金をしてでも、この家にしがみついているべきだわ。そうは思わない？」

「離婚の協議が必要であれば、時間は作る」と僕は言った。

「本気で言っているの？」

「ああ」と言って僕は肯いた。「この家の後始末も全て僕が取り仕切るよ。実を言うと、こういうことは初めてじゃないんだ。君は一足先に子供たちを連れて故郷へ帰ったら好い。手続きは書面でも出来る。君に家が売られる瞬間を見せたくはない」

妻はそれ以上は何も言わなかった。一遍に歳を重ねてしまったように、彼女は見えた。皮膚は青白く、唇は震えていた。もうじき競売が始まって、たちまちこの家にある物たちは人手に渡ってしまうのだ。それを目撃することに彼女の精神が耐え得るとは思えなかった。経験者の僕でさえ、二度目の試練を乗り越えられる保証はどこにもない。

「しばらくは別々に暮らそう」と僕は言った。「君は一刻も早く、この家を去った方が好い。

売られる家の中に長くいると悪い影響を受けかねないんだ。子供たちのことも心配だ。大丈夫。事態が再び快方へ向かったら、真っ先に君たちのことを迎えに行くよ」

そこで妻はわっと声を上げて泣き出してしまった。僕は彼女の肩を抱き寄せて震える小さな温かい身体を抱きしめてやった。時計を見上げると、そろそろ下の子が小学校から帰ってくる時間だった。

「さあ。いつまでもめそめそしている暇はないぞ」と僕は言った。

僕はダウンタウンに舞い戻ってきた。懐かしき我が街へ。僕はそこを好く知っていた。そこを流れている水の匂いや、歩いている人々の憂鬱を。

競売人があてがってくれたのは、最初に競売人殺しと知り合った酒場からもほど近い場所に在るフラットだった。ここには僕と同じような家を失った男たちが大勢暮らしていた。だから競売人殺しはここにいたのだと思った。彼らの鬱屈した心情が自分に仕事を振り込んでくれるということを熟知しているのだ。家の競売はスムーズに運んだ。競売人夫がやって来て、前と同じように家中の物たちに札を貼り付けて歩き回るのを僕は無感情に眺めていた。それに立ち会ったのは僕一人だけだ。妻と子供たちは大切な物を一つ残らず鞄に詰め込んで、そこからは旅立っていた。競売人夫は幾つかの落札品が見当たらないことに不平を垂れたが、僕はそれには取り合わなかった。そういうことは好くある。金はまだ受け取っていないのだし、そもそもこの競売はこちらが望んだことではないのだ。

そう僕は言った。

「仕方がないな」と競売人夫は諦めて言った。それから荷物を荷台に担ぎ上げて最後に小切手を切った。

彼が立ち去ると、その家は急に静かになった。西側の上空には嵐の先触れのような黒い雲が浮かんでいた。家の中に残されていたのは一枚の鏡と旧型の馬鹿デカいテープレコーダーのみだった。鏡は最初の競売の際にも家の中に残った唯一の物だった。鏡には持ち主の念が宿るから引き取らないのが慣習だ。テープレコーダーはレトロ過ぎるという理由で最後まで買い手が付かなかった。

「そのデカブツを大事に取っておけよな?」と家を出て行く際に競売人夫が僕に言った。僕はその木組みの箱の上に腰掛けてコーヒーを飲んでいた。中にトランスが組み込まれているせいで、恐ろしく重い。「きょうび、めったにお目にかかれないぜ」

銀行へ行って、受け取ったばかりの小切手の四分の三を為替にして、地方にいる妻の下へ送った。ダウンタウンの部屋へ帰り着くと、すぐに彼女の方から電話が掛かってきた。

「どうしたの?　このお金?」と彼女は言った。

「決まっているだろう。家を売って稼いだんだよ」と僕は言った。「君と、僕とで」

「でも、」と言ったきり、彼女は言葉に詰まってしまった。僕らのような中産階級の人間が死ぬまでに見ることのないような額面の金だ。驚くのも無理はなかった。

「それだけあれば、子供たちを上の学校までやっても、十分にお釣りが来るだろう?」と僕は言った。

「そうだけど、」

「子供たちのこと、頼んだよ」と僕は言った。

「あなたって、凄い人だったのね?」

「凄くはない。凄いのは競売人たちの方だよ。奴らは何にでも値段を付けるんだ。しかも、その値段を釣り上げられるだけ釣り上げる。値段の付かないものには見向きもしないんだ。とことんドライでビジネスライクだ」

「家はどうなったの?」

「空っぽだよ」と僕は言った。「玄関のドアの上にハウス・フォー・セールの札が貼ってある。今度近くを通りかかったら、見て来ると好い」

「どんな人たちが次にあの家に住むのかしら?」と妻が言った。その声には未練たらしい感情は含まれていなかった。背後で子供たちの声がしていた。彼らは新しい生活に早くも順応しているらしかった。

「未来人だよ」と僕は言った。「たぶん、ね」

為替の分だけ軽くなった懐を抱えて、酒場のドアを潜ると、そこで競売人殺しが僕のことを待ち構えていた。いつものように細い両脚を椅子の上で組み合わせていた。よく折れないな、とそれを見ながら感心したことを憶えている。マッチ棒のような脚だ。でも恐ろしく頑丈に出来ている。

「仕事を終えたようだな？」と競売人殺しは横に座った僕に対して声を掛けてきた。「好い顔をしている。男の顔だ」

「僕はただ見ていただけだよ」と僕は答えた。「必要なことは競売人夫がすべて賄ってくれるんだ」

「それで、晴れて、再び自由の身になったというわけだな？」と嬉しそうに彼は言った。

僕は言った。

「君たちのようにはいかないよ。社会的な責任というものがあるからね。今を生きるということは、手間暇の掛かるものなんだ。全てを捨ててゼロからやり直す、なんて綺麗ごとさ。どうしても捨て去れない物が最後に残る。歳を重ねれば重ねただけ、そういう物たちが増えていく」

「たとえば、家族？」と競売人殺しが言った。

「たとえばテープレコーダー」と僕は言った。

「でも、これであんたは運命という名の道筋の上に回帰したんだ。そのことを祝して乾杯しようじゃないか？」

「そういう気分じゃない」

「奢るぜ？」

「悪いけど、本当に気分じゃないんだ」と僕は言った。

時計を見上げると午後十時を回っていた。子供たちはもう寝ただろうか、とそれを見ながら考えていた。競売人殺しは僕の隣で旨そうに酒を飲んでいた。酒場の喧騒は僕の耳には地底からの呼びかけのようにしか響かなかった。僕はこれから、この不条理な世界の一隅で、どうにかこうにかやっていかなければならないのだ、と思った。いつかまた、僕の家族と巡り合う、その日まで。


ダウンタウンで生き延びるための術は二つしかない。競売人になるか、競売人殺しになるか、だ。僕は競売人になる道の方を選んだ。競売人夫から始めて徐々にステータスを上げ、とうとう自分で一件の競売を取り仕切れるまでになった。過去へと送り込まれ、自分よりも若く見える（そのくせ魂の上では古参の）人々を相手に家を売ることのメリットを説いて回った。そして一度競売が始まれば、あらゆる物たちに値段を付け、その数字を釣り上げられるだけ釣り上げた。それらの日々は僕の懐中を潤しはしたけれども、実のところ僕はもう金のために働いているのではなかった。それは自分の家を売った際に得たもので十分に事足りていたのだし、これ以上金を稼いでも、死ぬまでの間にそれを使い切れるとは到底思えなかったからだ。

時々。自分の時代に還って来て、酒場で酒を飲み、フラットの一室で毛布を掛けて眠りに就いた。そういった際には離れて暮らす家族の顔が思い浮かんでたまらない気分にもなった。でも、それらの時間はどれだけ足掻いても、もう取り戻せはしない類のものだった。それらは過ぎ去ってしまったのであり、僕はそこからは遥かに隔たった場所に独りきりで立っているのだ。

競売人殺しは僕を見つけると気さくに話しかけてきた。今では僕らは追う者と追われる者の関係になっていたにも関わらず。言ってみれば、僕らは同じ犯罪に加担している共犯者同士だった。一方が家を売り、もう一方はそれを妨害する。売るための家には事欠かなかった。世の中にはいつの時代にも家を売りたがっている人間は大勢いる。少し鼻を利かせれば、そういう匂いは嫌でも嗅ぎつけられるようになる。夕暮れ時に郊外にあるベッドタウンをそぞろ歩いていれば、それだけで二、三件の目星は付けられた。組織の背後にあるリサーチ部門に報告を上げておけば、さらに詳しい情報が送られてくる。後は相手を丸め込むだけで好かった。これはあなたの運命なのだ、と情熱を持って語れば、大抵の相手は家を売った。かつての僕が、そうであったように、だ。

僕は何件かの競売を成立させ、その結果、正式に競売人協会の会員になることを許された。専用のハットと杖と金メッキの貼られた小さなカフスボタンが送られてきた。僕はそんなものを身に付けるほど年老いている自覚はなかったのだが、久しぶりに鏡の前に立ってみると、驚くほど老けていることに気がついた。知らぬ間に時間が飛び去ってしまったように感じた。あるいは、それはたくさんの家を売ってしまったことの対価なのかも知れなかった。僕は成功を収めたが、更なる成功を勝ち取れば勝ち取るほど、家族とは遠く隔たっていくように感じていた。

妻は初めのうち、僕のフラットに頻繁に電話を掛けてきた。そこで子供たちの様子や、そちらでの生活ぶりを詳しく語って聞かせてくれた。しかし徐々に電話の回数は減って、会話も素っ気ないものへと変わってしまった。そしてとうとう電話も来なくなった。最後に電話で話をした時、彼女は言った。

「あなたはどうやら私たちのことをもう必要としていないみたいだわね？」

「そんなことはないよ」と僕は言った。

「いいえ。嘘よ。あなたは本当はずっと独りになりたかったんだわ。私たちと暮らしていた時代から。だから家を売ったのよ。私たちの家を。あれは、あなたと私の家だったのに」

「君と子供たちの取り分は送ったじゃないか？」と僕は言った。

冷たい沈黙が流れた。

妻は言った。

「私はあの家を売ることに同意したことはないわ」

「そのことで僕を責めている？」

　間があった。それからまた彼女の声が聞こえた。

「そうね。そうなんでしょうね。きっと」

「ねえ？　あれは仕方のないことだったんだよ。僕らのような、ちっぽけな中産階級の人間が逆らえるはずもないような巨大なる力が働いていたんだよ。あの当時の僕らには、ね」

　まるでセールストークみたいだな、と言いながら思った。僕は今ではこうやって、善良な家庭人に収まっている旦那たちを口説いて回っていた。運命。始原的な力。これはもう、決まっていることなんです。

「あなた、今、どこにいるの？」という声が聞こえた。

　僕はハッと我に返った。

「家にいるよ。最初に越したフラットだ」

「ねえ？　私たち、もう会わない方が好いんじゃないかしら？」と妻は言った。

「正式に離婚したい、ということ？」と僕は言った。

　彼女はそれには応えなかった。それきり一言もしゃべらずに、しばらく経って電話が切れた。

　それがもう一年以上も前の出来事だった。僕の方からは言えることは何もなかった。電話もしなかったし、手紙も書かなかった。僕はせっせと過去へと旅して、そこで目についた物たちに片っ端から値段を付けていた。

その依頼は競売人協会を通じて僕の下へ直接届けられた。協会の仕事は割は悪いが、箔は付く。僕は二つ返事でそれを引き受けた。かなり古い時代まで飛ばされて、指定された家の前に行ってみると、そこは、かつての僕が独りで暮らしていた家であることが判った。窓の向こうに僕がいて、かつての僕が営んでいた牧歌的な暮らしの一コマが垣間見えていた。僕は目にした光景が信じられずにその場所に立ち尽くしてしまった。家を競売にかけたのは、他ならぬ僕自身だったのだというカラクリにようやく気がついた。未来の僕が、それを売ったのだ。この後で売ることになる僕と妻と子供たちの家を売ったのも僕なのだ。競売人殺しはこのことを言っていたのだ、と。僕はこの家を手放したくはなかった。そんなことになるだなんて想像もしていなかった。でも事実は逆になった。未来の僕が過去の自分を裏切ってしまった報いとして。

僕はある日の夕刻に、駅前の道で目撃した競売人の姿を思い出していた。ハットを目深に被り、杖を突いて歩いていた年寄りの競売人を。あれも僕なのだ、と悟った。僕は悉く、過去において手に入れていた物たちを彼らから奪い去ってきたのだ。身軽になるという、ただそれだけの目的のために。

軽い目眩を覚えた僕はその場にしゃがみ込んでしまった。窓が開いて、僕が過去から声を掛けてきた。

「大丈夫ですか？」

「ああ」と、どうにか、僕はそれだけを言った。「気にしないでくれ。すぐに行くから」

「中で休んでいかれます？　水を飲みますか？」

「いや。本当に、それには及ばない」

まだ青年のようにしか見えない若き日の僕が、窓枠の向こうから心配そうにこちらの様子を窺っているのが見えた。僕はとっさに顔を伏せた。

「まだまだ暑いですからね」という声が聖水のように降り注いできた。「お気をつけて！」

この後で巻き起こることになるドタバタを僕は知っていた。それは僕が潜り抜けた最初の試練でもあったのだ。それを経て、僕はこんな風に誰にでもやさしく声をかけるような人間ではなくなった。もっと抜け目なく、非情で狡猾な人間になった。それが間違っていたとは思えない。でもそこには、かつての青い輝きが満ちていたことだけは確かだ。僕はこれを失ってしまったのだ、と思った。そして、この先さらに多くの物たちを失うことになるわけだ。

気分が回復するのを待って、僕はその家の前を立ち去った。最後に振り向いたとき、その家の屋根の上に一羽の雲雀が飛来するのが見えた。


仕事を終えて時計を戻すと、ターミナルの入口に競売人殺しが立っていた。朝陽が僕らの影をシティの路面に投げかけていた。彼はいかにも偶然出くわした風を装ってはいたけれど、そうではないことが僕には解っていた。彼はそこで僕のことを待ち構えていたのだ。理由はどうあれ。

「どうした？　顔色が悪いな？」と競売人殺しは僕に言った。「さては、仕事をしくじったな？」

「家は売れたよ」と僕は答えた。「競売は成立した。落札額には僕も彼も満足している。そして恐らくは協会も、ね。これが世に言うハッピーエンドだ」

「ふうん」と競売人殺しは僕に言った。

僕は一刻も早くフラットに帰って、毛布を被って眠りたかった。そうやって頭を空っぽにする必要があった。この時には。

「用事は何だ？」と僕は訊いた。「出来れば帰って眠りたいんだ」

「そんなものはないよ」と競売人殺しは大袈裟に驚いて見せた。「殺したい競売人がいたら、いつでも言ってくれ？　手遅れになる前にな」

そう言うと彼は行ってしまった。恐ろしく細い脚がカツカツと路面を叩く音が響いていた。彼はそのまま朝陽の中へと飛び立ってしまいそうに見えた。姿が見えなくなるまで待って、僕はターミナルを後にした。

その日の夕刻。僕は酒場にいた。そこで競売人殺しがやって来るのを待っていたのだ。彼は八時ちょうどに店にやって来た。僕の顔を見ると、さも可笑しそうに顔をくしゃりと歪めてみせた。

「好く眠れたかい？」と競売人殺しは言った。

「寝覚めの一杯さ」と僕は言った。「君に用事を思いついた」

「何だい？」

「僕を殺してくれないかな？」と僕は言った。

競売人殺しは嗤いだした。

「おかしなことは言っていないぜ？」と僕は言った。

「いいや。あんた、間違っている」と競売人殺しは告げた。「まだ、この世界のカラクリに気がついていない」

「どういう意味だ？」

「確かにおれは競売人を殺すが、あんたのことは殺せないんだ」

「なぜ？」

「協会の会員に手を出すと、後で面倒なことになるからさ」と言って競売人殺しは酒に口をつけた。「こんな風に飲めなくなる。おれが手を出すのは、もっと下っ端の連中だけだよ」

「協会は抜けるよ」と僕は言った。

「抜けても名簿には名前は残るんだ。そのくらい知っているだろう？」と競売人殺しが言った。

「まあね」

「あんたが、あんたを始末する方法は一つしかない」

「何だ？」

競売人殺しは呆れたように僕の方へ振り向いて言った。

「決まっているだろう。あんた自身が競売人殺しになるんだよ」

今度は僕が自分の酒に口をつける番だった。

「そんなことをしてどうなるんだ？」と僕は言った。

「競売人の息の根を止める」と競売人殺しは言った。

「物騒な会話は止せ！」とバーテンダーが厳しい声で怒鳴った。「あんたらだけの店じゃないんだ」

競売人殺しが椅子の上で肩を竦めた。それから声のトーンを一段、落として言った。

「あんたには素質がある。おれには最初から、それが解っていた。だから、あんたに声を掛けたんだ。時期を見計らっていた。今が、その時さ」

「僕は次の競売を止めたいんだよ。僕の二軒目の競売を。今更競売人殺しになったところで、未来にしか行けないんだ。それじゃあ意味がない」と僕は言った。

「そんなことはない」と競売人殺しが言った。「あんたが決定的に間違っているのはそこだ。いいかい？　未来の自分がそれを望んでいるから、あんたは二度も家を売ったんだ。いまも未来に鎮座している、あんた自身の意思が、あんたにそれをさせたんだ。その時のあんた自身はそうなることを少しも望んでいなかったにも関わらずだ。そうやって人は未来から過去の自分自身を操っているんだ。それがこの世界の、真のカラクリだ。つまり真犯人はそこにこそ潜んでいる。自らの誤った未来像。そいつを木っ端微塵に打ち砕いてやれば好い。そうすれば、いま現在の悪夢も、消え去るように出来ている。言っていることが解るか?」

僕は考えてみた。僕は確かにその時点では家を売ることなんて望んでもいなかったのだ。でも、それを売った。売られたと思っていたが、売ったのは僕自身であることが解った。でも、そうなってみても尚、僕には僕の家を売ることになる心当たりは何もなかった。それを売ったことを悔やみさえしたのだ。僕をそう差し向けたのは未来の自分自身であるという仮説には一応の筋は通っている。無理筋だが、筋は筋だ。この世界のどこにも犯人はいなかった。そいつは未来にいるからだ。だから、今はまだ、この世界のどこにもいないだけなのだ。

「今は解らなくても、いずれ解るようになる」と競売人殺しが耳の奥に吹き込むように、そっと囁きかけてきた。「決心がついたら言ってくれ。そうなる手筈は全部、おれが整えてやるよ」

「有り難う」と僕は言った。「もう一晩考えてみるよ」

僕は競売人協会を抜けて、競売人を辞め、競売人殺しになった。そのための手続きは全て競売人殺しが請け負ってくれた。彼はこの一軒に関しては嬉々として動き回ってくれているように僕の目には映っていた。殆ど友好的ですらあった。

「気にするな」と競売人殺しは僕に言った。「最初は誰でも素人同然のところから始まるんだ。あんたはすぐに一流になれるよ。このおれが保証してやる」

僕としては一流の競売人殺しになるつもりなんて毛頭なかった。殺しは一件だけだと初めから決めていた。後は自らのあるべき正しい時間に回復し、細々と余生を送るだけだ、と。もちろん。そんなことは競売人殺しには言わなかった。彼の協力を失いたくはなかった。僕は競売人殺しとしては実績ゼロの新人なのだ。そこではカフスボタンの色なんかは何の役にも立ちはしない。

競売人殺しの世界にはどのような協会も存在してはいなかった。独立採算制だ。みんな腕一本で稼いでいた。依頼も自分で受ける。風通しは好かった。でも仕事に関してはシビアだった。情報はどこからも回ってこない。自分で調べるしかない。経験が物を言う世界だ。

時計を進めることは容易だった。逆回しにすることの応用でそれは出来た。僕は未来のシティへ出向いて、独りの老人を探し歩いた。すなわち未来の僕自身を。競売人協会の名簿にはまだ僕の名前が登録されていた。しかし居所はなかなか掴めなかった。僕にそれを教えてくれたのは例の競売人殺しだった。さりげなくヒントをくれて、僕はとうとう目当ての家の前に辿り着くことが出来た。僕の知らない場所にある、見たこともない家だった。それほど大きくはない。しかし庭には手入れが行き届いていた。使用人がいるのだろう。老人の独り暮らしにしては広過ぎる家だからだ。

僕はその家の中に易々と侵入することが出来た。まるで家全体が、僕のことを出迎えてくれているみたいだった。家の中は静まっていた。庭の樹の上で鳥が囀っていた。シティの喧騒からは遠く隔たっていた。僕はどうやら、そこが気に入っているらしかった。家の中の調度品の数々を見ていると、そのことが好く解った。僕の底流にある物たちがそこに実現しているのだ。ここは僕の家でもあるのだ、と思った。そして、これまでもずっと、僕はここに結び付いていたのだ、と。

その男は二階の書斎の奥に置かれたアームチェアの上で僕のことを待っていた。この椅子に見覚えはなかった。新しい時代の新しい椅子だった。未来において、僕が新たに手に入れた物なのだろう。室内へ踏み込むと、彼は振り向いて懐かしそうに笑いかけてきた。

「おかえり」と彼は言った。「そろそろ来る頃だと思っていた」

僕だった。歳を積み重ねてはいるけれど、これは紛れもなく僕なのだ。確かめてみるまでもないことだった。この男はこの場所で、この日が訪れるのをずっと待っていたのだ、と思った。

「あなたを殺しに来たんです」と僕は告げた。

男は首を傾げた。それから言った。

「だろうね」

「何か、僕に言っておくことはありますか？」と僕は訊いた。ずるい訊き方だなと思った。相手は僕よりもずっと上手なのだ。おまけに彼は新しかった。この新しい世界でも朗々と生き延びている。

「私が君たちの家を売ったことを恨んでいるんだね？」と彼は言った。「あのまま、あの家で暮らしていれば、幸せであったのにと」

「二軒目の競売だけです」と僕は言った。「あれは僕だけの物じゃなかった。あの家を売ったのは間違いでした」

「どうだろう？」

「理由を教えて下さい。そうすることが、どうして必要であったのか、を」

「一流の競売人になるために必要であったからさ」と彼は答えた。

「競売人に成りたかったんですか？」と僕は言った。僕には競売人に成りたいと望んだ覚えはなかった。僕が競売人になったのは、そうする以外には手がなかったからだ。そして、そういった状況まで落ち込んでしまったのは、家を売ったが故なのだ。

そう僕は言った。

「心の奥底にある願望というものは、若い時代にはなかなか自覚出来ないものなんだよ」と諭すように、彼は言った。「でもそれは、ある。人はそれを運命と呼ぶんだ。それに従って行動するように出来ている。善くも悪くも。君が家を売ったのは、それを君自身が望んだが故のことなんだよ。でなければ、どうやってでも、それを差し止めることは可能だったはずだ。そのための方法を見出していたはずだ。そのための助力がどこかから齎されたはずだ。でも、そんなことは起こらなかったよね？　私はそれを知っているし、君も知っている。私が君と違うのは、歳を取った分、物事が好く観えるようになったというだけのことだ。今では私は、自らの運命が求めているものと自分自身の求めているものとが、同じ一つのものであるのだ、ということに気がついている。二つの願望の間に齟齬は一切生じていない。それこそ、私が求め続けてきた状態でもある。二つの異なる願望によって引き裂かれ続けている君には、これは好く解るはずだ」

「だから、あなたは今日ここに僕を招き寄せた？」と僕は訊いた。

「そうだね。もう十分に生きたし、今のこの心持ちのままで、安らかに死んでいきたいからね」

「最後に一つだけ聞いても？」と僕は言った。

「いいとも」と彼は言った。「何でも聞くと好い」

「過去の自分によって殺されるというのは、どういう気分なんですか？」

間があった。

それから彼はこう答えた。

「君は、過去の私ではない。今の私の一部なのだ」

＊

「要するに、あんたは、しくじってくれたわけだ」と競売人殺しは不服そうに言った。僕らはいつもの酒場で、いつもの時間に、いつもの酒を飲んでいた。

「しくじったわけじゃないさ」と僕は笑いながら言った。

「いいや。しくじったね」と競売人殺しは言った。「せっかく、このおれがお膳立てをしてやったのに」

「あの老人に幾ら積まれたんだ?」と僕は訊いた。この競売人殺しが、今回の黒幕であることに、僕はとっくに気がついていた。

彼は驚いた表情を浮かべて、僕の顔を見返していた。

「一晩寝て、頭が冴えたのか?」

「そうじゃない。君が僕にあそこまで協力的になる理由が他には何も思いつけない」と僕は言った。

「そうだよ」と言って、競売人殺しは渋々肯いた。「おれが未来のあんたから依頼を受けたんだ。でも、おれは協会員名簿に名前のある競売人には手を出さない。主義の問題でね。誰か、代わりを探している時に、苦しんでいるあんたを見つけたんだ。こいつを競売人殺しに仕立て上げれば一石二鳥だと思いついた。あんたは苦しみから解放されるし、おれは報酬が手に入る。協会からもお咎めはなしだ。自分で自分を殺すわけだからな。全方位に顔が立つ。妙案だったのに。台無しだよ」

僕は結局、彼を殺さずにこの世界へ戻って来た。未来の僕は残念がったが、僕には彼を殺す理由がないことが解った。彼の口にした言葉には真実が宿っていた。筋ではない。それはもっと価値のある何かだった。彼は未来の僕なんかではなかった。今の僕の一部なのだ。

「これから、どうする心算だ？」と競売人殺しが言った。「今更、協会には戻れないぜ」

「分かっている」

「じゃあ、どうするんだ？」

「未来の自分に抗い続けるよ。懸命に、ね」

「競売人殺しを続ける心算は？」

「ない」と僕は言った。

「素質がある、と言ったのは本当だぜ？　一流の競売人は一流の競売人殺しにも成れるんだ。両者は同じコインの表と裏だからな」

「競売人は嫌いだが、殺すほど憎んではいない」と僕は言った。

「そうか」と競売人殺しがグラスを飲み干して言った。「あんた、少しやさし過ぎるな」

「色々と有り難う」と僕は言った。それから二人分の酒代をカウンターの上に置いた。

「もう行くのか？」と競売人殺しが言った。

「ああ。行かなきゃいけない場所がある」

「家族のところか？」

「さあね」

酒場を抜け出して、ターミナルのある通りを歩いた。旅行者たちが荷物を担いで、脇を通り抜けていった。見知らぬ土地の甘い匂いがした。知らない女が知らない言葉で知らない誰かに呼びかけていた。

足だけが勝手に動き続けていた。今では僕の両脚が競売人殺しの細い脚と取り替えられたみたいに。どこに行くというあてがあるわけじゃなかった。そんなものはとっくに見失っている。夜中にこんな裏通りを独りで歩いているような人間には、歩いている理由なんて何も要らない。

通りの突き当たりに古くからそこにある電話ボックスの灯りが見えた。僕の足は無意識のうちにここへ向かって来たようだった。

僕は中に入り、番号をプッシュして、回線が繋がる時を待った。受話器が持ち上げられて、すぐに懐かしい声が聴こえてきた。

「ただいま」と僕は言った。

「お帰りなさい」と妻が言った。「今、どこにいるの？」

「ダウンタウン」と僕は言った。

「そう。まだ、そこにいるのね」

「僕らの家を競売にかけてしまったことを謝りたいんだ」と僕は言った。

「もう、いいわ。それは。済んでしまったことだものね」

「やり直せないかな？」と僕は言った。

「もう一度？　そこから？」

「うん」と言って、僕はガラス越しに世界の果てのようなその場所を見渡してみた。街灯の黄色い光が明滅をくり返していた。寿命の尽きかけている星みたいに。「酷い所だけれど」

「明日。一番の列車で、子供たちを連れてそっちへ行くわ」と彼女は言った。

「学校は？」と僕は訊いた。

「そっちにだってあるでしょう。そんなものは」

「そうだね」と僕は言った。

「部屋を片付けておいてね。とりあえずはしばらくの間、そこにお世話になると思うから」

「わかった」

「暇じゃないのよ？　私たちは、まだまだ」

「ああ」

あとがき

本書に収録されている七作品は全て二〇一六年から二〇二〇年にかけて完成されたものである。最初の短篇集『イングリッシュモンキーの話』が二〇一五年に、続く『珈琲大路』が二〇二一年にまとめて執筆された作品群であるから、ここにある七篇はこの両者に挟まれる格好で書き下ろされたことになる。

どうせならば各年より一本ずつセレクトしようと思い立ち、収録作品の選定作業をくり返して、現在ある形に収まった。読者の皆様には各作品を鑑賞しつつ、私の作家としての変遷を辿って頂ければと思う。

というわけで。目次の構成については各作品の製作年次に忠実に倣うことにした。「アメリカの旅人」と「風の中のE.M」が二〇一六年。「消滅した人間からの手紙」が二〇一七年。「セロリの肖像」が二〇一八年。「リバーサイド・メモリーズ」が二〇一九年。「惑星の孤独」と「競売人殺し」が二〇二〇年の製作。尚「アメリカの旅人」のみ改題し、これが書名としても採用されている（執筆時の主題は「ミスター・フライドチキン」。二〇一五年秋の時点でほぼ完成していたものを翌年の初頭にリマスターした）。他は改題及び年を跨いでの改稿は一切ない。

白状してしまえば、これらの作品には、それぞれの完成時には、さほどの手応えはなかった。「惑星の孤独」に至っては書いたことも忘れ去ってしまっていた。前作『珈琲大路』が望外の好評を得て、新刊の出版が具体性を帯びてくる中で過去の作品を読み返し、シンプルに面白かったのが、これらの諸作であったことは自分としては意外だった。一時創作の現場からは離れたことで、ものの見方が切り替わったのかも知れない。

もちろん今では作家としても本書の作品群に絶大なる信頼を寄せている。私がそれを楽しんだように、読者諸氏にも楽しんで読んで頂けたらと祈るのみだ。

書名については幾つかの候補の中から決定した。今、この時においては、ベストな選択をしたと思う。

本書の中には実にさまざまな旅があり、大勢の旅人たちが登場する。私自身が若い頃より旅のさなかに身を置くことが他の何よりも好きだった。彼らの刹那の心情が、文章を通して読み手に伝わり、いつか力に変わることを著者としては願っている。

二〇二四年九月二九日

ルーシー渡辺

THE MASTER WORKS

FUJIMINO PUBLISHING

SINCE 2019

アメリカの旅人

ルーシー渡辺

2025年1月21日　初版

発行者　渡辺智博

発行所　ふじみの出版

〒356-0036　埼玉県ふじみ野市南台2-4-10フローラハイツU201

電話　(049) 256-9352

表紙デザイン　Ta ASOBI

印刷　株式会社 暁印刷

製本　株式会社 暁印刷

Printed in Japan

価格はカバーに表示してあります。

ISBN978-4-9910937-2-2